AF746243

www.ingramcontent.com/pod-product-compliance
Lightning Source LLC
LaVergne TN
LVHW051014051026
849532LV00004BA/1208
* 9 7 8 9 3 5 8 7 2 0 6 4 8 *

آئینے اکیلے ہیں

(ناول)

مصنف:

کرشن چندر

© Krishan Chander

Aiene akele hain *(Novel)*
by: Krishan Chander
Edition: April '2024
Publisher :
Taemeer Publications LLC (Michigan, USA / Hyderabad, India)

ISBN 978-93-5872-064-8

مصنف یاناشر کی پیشگی اجازت کے بغیر اس کتاب کا کوئی بھی حصہ کسی بھی شکل میں بشمول ویب سائٹ پر اَپ لوڈنگ کے لیے استعمال نہ کیا جائے۔ نیز اس کتاب پر کسی بھی قسم کے تنازع کو نمٹانے کا اختیار صرف حیدرآباد (تلنگانہ) کی عدلیہ کو ہو گا۔

© کرشن چندر

کتاب	:	**آئینے اکیلے ہیں** (ناول)
مصنف	:	**کرشن چندر**
صنف	:	فکشن
ناشر	:	تعمیر پبلی کیشنز (حیدرآباد، انڈیا)
سالِ اشاعت	:	۲۰۲۴ء
صفحات	:	۱۵۶
سرورق ڈیزائن	:	تعمیر ویب ڈیزائن

۵

پہلا پتّھر

There is a tangnet in a parabola, in parabola, in a rabola, bola bola وہ بولا۔ "اندھیرا زیادہ ہے اور میرے دماغ میں چیونٹیاں بھر گئی ہیں شاید، ہزاروں، لاکھوں ننھی منّی چیونٹیاں میرے دماغ کے خلیوں میں رینگ رہی ہیں۔ میرا دماغ شہد کا ایک چھتہ ہے جو میرے جسم سے لٹکا ہوا ہے۔ وہ کالی سانولی مٹیالی چیونٹیاں لاکھوں کروڑوں ایک دوسرے پر پل پڑتی ہوئی میرے دماغ کے ہر حصّہ میں پہنچ گئی ہیں۔ اور اب وہ اپنے ننھے منّے ڈنک اٹھا کر میرے دماغ کو کھا رہی ہیں۔ ایک ساتھ ایک لاکھ سوئیاں چبھ رہی ہیں ـــ اُف!"

کنول نے گھبرا کر اپنے سر پر ہات پھیرا۔ اس کی لمبی لمبی بے چین انگلیاں اس کے گھنے بالوں میں گھومنے لگیں۔ اور کنول کو محسوس ہوا جیسے اس کی انگلیوں پر بھی وہی چیونٹیاں چڑھتی جا رہی ہیں۔ سینکڑوں، ہزاروں چیونٹیاں رینگتی بڑھتی چلی آ رہی ہیں۔ گھبرا کر اس نے ہات جھٹک دیئے ایک لمحے کے لئے ایک سو ایک ہزار چیونٹیاں اس کی انگلیوں سے اتر کر فرش پر گر گئیں۔ اور اب

٦

فرش پر چلتی ہوئی، اپنی ننھی منی سی کالی ٹانگوں سے چلتی ہوئی، اب وہ اس کی ٹانگوں کی طرف آرہی تھیں۔ اسے ایسا محسوس ہوا جیسے چند لمحوں میں اس کے پیروں پر چڑھ آئیں گی اور پھر اس کے سارے بدن پر رینگنا شروع کر دیں گی۔ اس کے جسم کا کوئی کونہ ان چیونٹیوں کی زد سے نہیں بچے گا۔ وہ جلدی سے بستر سے اُٹھ بیٹھا۔ اور دو لمبے لمبے ڈگ بھرتا ہوا کمرے کی کھڑکی تک پہنچ گیا۔ اور کھڑکی کے پٹ کھول دیئے۔ برفیلی ہوا کا ایک تیز جھونکا اندر آیا۔ اور اس کے دماغ کی ساری چیونٹیوں کو اُڑا کر لے گیا۔ وہ سب چلی گئیں تھیں۔ اس کے دماغ سے، ہاتھوں سے، ہاتھوں کی انگلیوں سے، فرش سے، پاؤں سے اب کہیں ایک بھی چیونٹی نہیں رینگ رہی تھی۔ سب گئیں۔ یکایک اسے بڑا اطمینان سا ہوا۔ اس نے برفیلی ہوا کا ایک لمبا گھونٹ بھرا۔ اسے اپنے پھیپھڑوں میں اتار دیا۔ پھر کچھ دیر روک کر باہر نکال دیا۔ اب اس کے پھیپھڑے بھی صاف تھے۔ جسم ہلکا محسوس ہو رہا تھا۔ جیسے ریت میں دبے ہوئے کاغذ پر سے ریت اُڑ جائے۔ چند لمحے وہ اس کھلی کھڑکی کے سامنے پھڑ پھڑاتا رہا۔ اور کانپتا رہا۔ اور کنگسٹن گارڈن کی زرد رو بتیوں کو لرزتے دیکھتا رہا۔ یہ روشنیاں جو رات کے اندھیرے گرجے میں مصروفِ دُعا راہباؤں کے پیلے پیلے چہروں کی طرح چمک رہی تھیں۔ لندن کا یہ حصہ کولابہ کی ایک گلی معلوم ہوتا ہے۔ رات میں بہت سے شہر ایک سے لگتے ہیں۔ جیسے بہت سی عورتیں ایک سی لگتی ہیں۔ جیسے بہت سی سڑکیں ایک سی لگتی ہیں۔ وہی سانولے سیمنٹ کی سطح، کول تار کا بلو بلیک، کناروں پر لوہے کے کھمبے روشنی کی قندیل لے کر جھکے ہوئے ایک ہی جگہ کھڑے ہوئے۔ کوئی شرابی گھر جاتا ہوا۔ کوئی بابی ٹہلتا ہوا۔ کوئی چور مال سمیٹ کر پھسلتا ہوا۔ کوئی اخبار گاڑی دُنیا بھر کی گندی خبروں کا کچرا لادے ہوئے گزر رہی ہے۔ اس نے اس کو قتل کر دیا۔ اس ملک نے اس ملک پر حملہ کر دیا۔ اتنے زلزلے آئے، کتنے ہوائی جہاز سے مرے، چالیس سالہ مسز روبی کینتھ ایک اٹھارہ سالہ لڑکے کے ساتھ بھاگ گئی۔ اور وہ عورت جو پچیس سال سے اپنے خاوند کے ساتھ رہ رہی ہے وہ خبر نہیں ہے۔ وہ کلرک جو پینتیس برس سے اپنے دفتر میں بڑی

دیانت داری سے کام کر رہا ہے۔ وہ خبر نہیں ہے۔ کوئی اچھی خبر نہیں ہے۔ صبح کا اخبار دیکھ کر ناک پر رومال رکھنے کو جی چاہتا ہے۔ کچھ لوگوں میں عادت ہوتی ہے کہ غسل خانے میں گھس کر اخبار پڑھتے ہیں۔ شاید اخبار پڑھنے کی صحیح جگہ وہی ہے۔ کموڈ! یکایک اس کی نگاہ سامنے کی بلڈنگ کے پورچ پر پڑ گئی۔ زینتھ ڈپارٹمنٹ اسٹور میں کام کرنے والی مس کلارا شوز میل ایک پیلے لمبے کوٹ میں ٹھٹھرتی ہوئی اپنے عاشق کو الوداع کہہ رہی ہے۔ ضرور اس وقت تین بجے ہوں گے۔ اس وقت اس کا بڈھا عاشق ہنری ڈی کورٹ لینڈ واپس اپنے گھر جاتا ہے۔ رات کے تین بجے، ہر روز.... کیا کہتا ہوگا اپنی بیوی سے، کتنا ہی چالاک مرد کیوں نہ ہو۔ ہر روز نیا بہانہ نہیں بنا سکتا۔ علم ریاضی کی رو سے یہ ناممکن ہے۔ اور عورتیں کوئی کام ریاضی کی رو سے نہیں کرتیں۔ ممکن ہے اس کے گھر میں کوئی عورت نہ ہو، یعنی کوئی بیوی نہ ہو پھر بھی اس کے فلیٹ میں کوئی تو ہوگا۔ جس کے سامنے اسے جوابدہ ہونا پڑتا ہوگا۔ ممکن ہے کوئی بھی نہ ہو۔ پھر بھی کچھ تو ہوگا، کوئی ہم نفس نہ سہی، گھر میں فرنیچر تو ہوگا، صوفہ، یا پانی کا جگ، یا تپائی پر رکھا ہوا خاکدان یہ چیزیں بھی بیویوں کی طرح گھر میں رکھی رکھی آدمی پر اپنا حق اور قبضہ جتلانے لگتی ہیں۔ گھر میں کوئی نہ ہو، لیکن دیر سے آنے پر پانی کے جگ کی صورت ہی بدل جاتی ہے، کیسے غصے بھری نظروں سے میری طرف دیکھتا ہے۔ "اتنی دیر کہاں رہے؟ صوفے پر بیٹھو تو لگتا ہے اس کے خالی حصے نے منہ دوسری طرف کر لیا ہے۔ خاکدان میں سگریٹ بجھانے کے لیے ہاتھ بڑھاؤ، تو اس کے کھلے خالی منہ سے ایسی گالیاں سی نکلتی معلوم ہوتی ہیں "اس نگوڑی ایش ٹرے میں سگریٹ بجھاؤ، اب میرے پاس کیوں آئے ہو، رات کے تین بجے، دن بھر سے خالی منہ اُٹھائے اُٹھائے تمہارا انتظار کرتی رہی ہوں، مگر تمہیں کیا؟" غصے اور غم سے پوری ایش ٹرے سلگتی ہوئی معلوم ہوتی ہے۔ لوگ سمجھتے ہیں کہ چیزیں خرید کر انھوں نے ان پر قبضہ کر لیا۔ ہوتا یہ ہے کہ چیزیں آہستہ آہستہ آدمی پر قبضہ کر لیتی ہیں۔ پھر وہ ان کا غلام ہو جاتا ہے۔ چاہے وہ ایش ٹرے ہو، یا پھولدان ہو، موٹر کار ہو یا بیڈ روم کی

۸

وہ پرانی کرسی ہو جس پر پچھلے بیس برس سے دن کے کپڑے اُتار کے رکھ دیئے جاتے ہیں۔ وہ سب اپنا حق تم پر جتلاتے لگتے ہیں۔ کنول نے ڈالی کی کچھ تصویریں دیکھی تھیں۔ جس میں اس نے بے جان چیزوں کو روح اور شخصیت عطا کی تھی۔ مبالغہ آرائی کے باوجود ان میں کچھ تو سوچ ہے۔ ڈالی کبھی کبھی بڑے پتے کی بات کہہ جاتا ہے، اپنی تصویروں میں.....

کنول کا سارا بدن اب برفیلی ہوا میں سُن ہو گیا تھا۔ ہولے سے اس نے کھڑکی بند کر دی، کسی قدر افسوس کے ساتھ، اور پھر واپس اپنے بستر پر آ گیا، جہاں ایک کونے میں جولی بے خبر سو رہی تھی، جولی بہت بے خبر سوتی تھی، ایسی گہری نیند کہ اگر آپ اسے قتل بھی کر دیں تو اسے خبر نہ ہو۔ کئی بار کنول نے جولی کی گہری نیند کا آسرا لے کر اسے قتل کرنے کو سوچا بھی تھا۔ کتنا آسان ہو گا جولی کا قتل کر دینا۔ اسے معلوم بھی نہ ہو گا۔ جب وہ آنکھ کھولے گی تو دوسری دُنیا میں ہو گی۔ کیسی حیران ہو گی وہ اس وقت، کنول جولی کے چہرے پر پھیلتی ہوئی حیرت کا اندازہ کر کے مسکرانے لگا۔ جولی خواب میں بڑبڑائی۔ کنول نے ہات بڑھا کر جولی کو ذرا تھپک دیا۔ کچھ دیر تک وہ بستر پر بیٹھا بیٹھا اندھیرے کی اس محراب کو دیکھتا رہا جو اس کے بستر سے کھڑکی تک ایک پیرابولا سا بناتی تھی۔ جس میں کھڑکی سے باہر گزرنے والی موٹروں کی روشنیاں ایک Tangnet. کی طرح گزر جاتی تھیں ـــــ A Tangnet in a Parabola یا ایک خنجر روشنی کا جولی کے چہرے پر ٹنگا ہوا۔ ہمیشہ یہ روشنی کا خنجر جولی کے چہرے کے اوپر سے گزر جاتا تھا۔ اور وہ بے خبر بے سُدھ گہری نیند میں کھوئی ہوئی سوتی رہتی تھی۔ یہ خنجر کبھی نیچے گہرا نہیں اُترا۔ کیوں نہیں اترا اس کے دل کے اندر۔ روشنی بھی قتل کر سکتی ہے Laser کی کرن کی طرح، خون کا ایک قطرہ بہائے بغیر، قتل نہیں کر سکا، نہ روشنی کی مدد سے نہ اندھیرے کی مدد سے، شاید میں بزدل ہوں، کنول نے سوچا۔

باہر کی روشنی کا ایک لہریا جولی کے چہرے سے گزر گیا چند ثانیوں کے

لئے جولی کا چہرہ روشنی میں چمک اُٹھا پھر روشنی گزر گئی، مگر کنول کے ذہن وہ چہرہ ابھی تک اسی طرح چمک رہا تھا۔ کسی چھوٹے سے لڑکے کی جیب میں کانچ کے بنٹے کی طرح اس نے جولی کے چہرے کو کانچ کے بنٹے کی طرح اُلٹ پُلٹ کے دیکھا، Perfect مکمّل چہرہ، یونانی اقسام کے کلاسکی خدو خال، حالاں کہ جولی قطعاً یونانی نہیں تھی اینگلوسیکسین تھی۔ اور اگر وہ زندہ نہ ہوتی تو اس وقت بستر پر اُسے یوں لیٹے دیکھ کر اس کے چہرے اور اس کے بدن کی مناسبت اور توازن پر غور کرکے یہی گمان ہوتا کہ یہ کوئی عورت نہیں ہے، کسی پُرانے یونانی صنم گر کا شاہکار ہے، جلد سنگِ مرمر کی طرح سپید اور اسی طرح ملائم، اور اتنی ہی سخت، کنول جولی کے بدن پر ہات پھیرتے ہوئے اپنے آپ سے کہنے لگا۔ گوشت تو نرم ہوتا ہے اور کمزور ہوتا ہے۔ مگر اس جلد کے اندر پتھر کی سختی کی ظالمانہ صفت موجود ہے۔ جیسے جولی کی جلد نے اس کے دل کی کٹھورتا مستعار لے لی ہو لیکن شروع شروع میں اسی چہرے نے اسے بہکایا تھا۔ اُسی جسم نے، اسی بدن کے خطرناک خم اس کے ذہن کو ڈس گئے تھے۔ اسے وہ رات یاد تھی، ہنری کوئک برن Henry (Quick Burn) نے اسے اپنی پینتیسویں سال گرہ پر اپنے فلیٹ پہ مدعو کیا تھا۔ وہ سینٹ جارجیز ہسپتال میں نفسیاتی علاج Psyhiaterist کے عہدہ پر کام کرتا تھا اور اسی ہسپتال میں کنول بھی پلاسٹک سرجری کے شعبہ کا ایک ڈاکٹر تھا، ہنری بہت خوبصورت اور وجیہہ تھا۔ اور ماہر نفسیات ہونے کی وجہ سے لندن کے اُونچے اُونچے گھروں تک اس کی رسائی تھی، اور خوبصورت اور کنوارا ہونے کی وجہ سے بہت سی عورتیں اس پر مرتی تھیں، ہر بات کی کوئی نہ کوئی وجہ ہوتی ہے، اور بغیر وجہ کے آج کل کچھ نہیں ہوتا۔ محبت بھی نہیں ہوتی، آسمان بھی نظر نہیں آتا، گیت بھی سُنائی نہیں دیتے، پھُول بھی نہیں مہکتے، روٹی بھی نہیں ملتی۔ موت بھی نہیں آتی، اس کی وجہ کیا ہے؟ کنول نے سوچا، کہیں پر تو کوئی دُنیا ایسی ہونی چاہئے جہاں

سب کچھ بلا وجہ ہوتا ہو۔ دوستی بلا وجہ، محبت بلا وجہ..... سورج پر انگلی رکھ دو ، تو ٹھنڈی ملائم روشنی بارش کی پھوہار کی طرح پھوٹ کر بہہ نکلے دل کو جلانے والی گرم روشنی نہیں۔ ٹھنڈی اور ملائم جیسے کبھی جولی کی مسکراہٹ ہوا کرتی تھی۔ جانے اب جولی کو کیا ہو گیا ہے۔

سال گرہ کی اسی شرابی پارٹی میں، ہنسی ٹھٹھول اور ہڑبونگ سے بھری پڑی پارٹی میں ہنری نے جولی سے اس کا تعارف کرایا تھا۔ بالکل سرسری سا تعارف کیوں کر ان دنوں جولی ہنری کی خاص دوست تھی، وہ کسی صابن بنانے والی کمپنی کی ماڈل گرل تھی' شیئن شمپو کے اشتہاروں میں جولی کی تصویر وہ اکثر رسالوں میں دیکھ چکا تھا۔ ان دنوں جولی کے بال واقعی خوبصورت تھے، وہ فرصت کے اوقات میں فوٹو گرافروں کی ماڈل گرل بھی تھی۔ اب اس نے صابن بنانے والی کمپنی سے استعفیٰ دے دیا تھا۔ اور فری لانس ماڈل ہو گئی تھی۔ فلموں میں بھی اسے کام ملنے لگا تھا۔ ایک جیگر بھی اس کے پاس آ گئی تھی۔ کپڑوں کا وارڈروب بہت عمدہ رکھتی تھی۔ اس وقت وہ ایک یاقوت کی طرح جگمگا رہی تھی۔ کنول اسے پہلی نظر میں دیکھ کر مبہوت ہو گیا تھا۔ مگر جولی ہلو، کہہ کر اس کے قریب سے گزر گئی تھی۔ جولی نے اس پر ایسی نگاہ ڈالی تھی جیسے وہ انسان نہ ہو، ناگ پھنی کی جھاڑی ہو۔ اوپری سرسری، تضحیک اور استہزا سے چھلکتی ہوئی نگاہ۔ جولی کو رنگ کا بڑا لحاظ تھا۔ ہر وہ مرد جس کی جلد کا رنگ گورے کے سوا کچھ اور تھا جولی کی نگاہ میں قابل ملامت تھا۔ تھوڑا سا فنی بھی Funny.... گورے رنگ کے سوا سب رنگ انسانی جلد پر Funny لگتے تھے۔ وہ ان سے نفرت تو نہیں کرتی مگر یہ لوگ واقعی قابل رحم ضرور ہیں۔ یہ ایشیائی کالے اور پیلے' بھورے اور مٹیالے زرد رو سبزی مائل اور کسی قدر نیلگوں بھی۔ یہ سب رنگ دیواروں پر اچھے لگتے ہیں۔ مگر انسانی جلد پر Funny..... شاید خدا نے کسی

11

مزاحیہ لمحے میں ان لوگوں کو ایسا بنا دیا ہوگا۔ ان لوگوں کو دیکھ کر اسے بے اختیار ہنسی چھوٹے جاتی تھی، کچھ تھوڑے سے احمق بھی دکھائی دیتے ہیں۔ یہ سب ایشیائی اور افریقی اور جنوبی امریکی I know مجھے ایسی باتیں کہنا نہیں چاہئے۔ سُنا ہے ان لوگوں کو کہیں کہیں پر آزادی مل گئی ہے اور اپنے اپنے ملکوں میں ان کی کچھ اہمیت بھی ہے مگر مائی ڈیر ....Just look at them, look at them ہاؤ فنی! جولی دور سے میری طرف دیکھ کر ہنس رہی تھی۔ اسے اس کے چاہنے والوں نے اپنے حلقے میں لے لیا تھا اور کاک ٹیل کے بلوریں جام آپس میں ٹکرا کر پیانو کے سروں کی طرح کھنکتے تھے۔ میرا چہرہ لال ہوا جا رہا تھا۔ شفق پھیلتی جا رہی ہے غصے سے آنکھوں میں سُرخ بدلیاں جھلک رہی ہیں۔ سمجھتی کیا ہے یہ جولی۔ یہ سفید لڑکی۔ گورا نہیں ہوں تو کیا ہوا۔ اتنا کالا بھی نہیں ہوں۔ گیہواں رنگ ضرور ہے میرا۔ اور ناک نقشہ ہنری کے سے اگر اچھا نہیں ہے تو بُرا بھی نہیں ہے بلکہ ہنری کے چہرے میں تو ایک عجب پُرانے خاندانوں والی نزاکت ہے۔ اور میں چاہوں تو اب بھی دو انگریزوں کے سر توڑ سکتا ہوں۔ ہی ہی ہی اوورے میری اور جولی کی نگاہیں ملتی ہیں دو دشمنوں کی طرح۔ نگاہوں میں خنجر کوند جاتے ہیں۔ تمہاری یہ نازک فائن گلاس کی کانچ کی ڈنڈی کی سی نازک گردن کو میں ایک جھٹکے سے توڑ سکتا ہوں۔ مس جولیا کرابی۔ کنول کی نگاہوں کو بھانپ کر کسی موہوم خطرے کا احساس کر کے جولی ہنستے ہنستے یکبارگی رک جاتی ہے۔ پھر زور زور سے ہنسنے لگتی ہے۔ اس کے چاہنے والوں کا حلقہ اس کے ساتھ ساتھ ہنس رہا ہے، کتے .... اب اگر اس وقت میرے ہاتھ میں ایک اسٹین گن ہوتی سب کو بھون ڈالتا... ایک ایک کو بھون ڈالتا۔ برف کی ڈلیوں پر سنہری وسکی کو پھسلتے دیکھ کر میں اپنے گلاس سے ایک گھونٹ پی کر مُسکراتا ہوں۔ کنول پرساد سکسینہ اس متمدن مہذب متمول اور بظاہر معاشی طور پر امیر اس پارٹی میں کھڑے ہو کر تم کیسی خوفناک باتیں سوچ رہے ہو۔ تمہارے چہرے پر کے

بھولے بھالے زاویوں ۔ ہونٹوں کی میٹھی مُسکراہٹ، اور کپڑوں کی شریفانہ دھج سے کوئی سوچ سکتا ہے کہ تمہارے اندر کیا قاتلانہ جذبہ کھول رہا ہے ۔ ایک فرشتہ اور ایک قاتل میں بہت کم فرق ہے ۔ صرف احساس کی ایک پرت کا، یا نگاہ کے ایک خنجر کا .... یا جذبے کی ایک دھار کا ... کتنی جلدی انسان بدل اور پلٹ سکتا ہے، اگر اسے اخلاق، سماج، نظامِ زندگی، تعلیم، اور تہذیب کے لنگروں سے باندھ کے نہ رکھا جائے، تو وہ جانور ہے، بالکل جانور ہے ابھی تک .... !

کنول کے جسم میں ایک ہلکی جُھرجُھری سی آئی، اس نے ایک گھونٹ اور لیا اور ایک پتلے بلیڈ کی طرح کمرے کی بھیڑ کو چیرتا ہوا جولی تک پہنچ گیا ۔ اور اس سے کہنے لگا ۔ "آپ کے لئے ایک ٹیلی فون کال ہے!" اور جب جُولی اس کا سرسری شکریہ ادا کرکے دوسرے کمرے میں جانے لگی، جہاں ٹیلی فون رکھا تھا، تو وہ بھی اس کے پیچھے پیچھے ہولیا، جولی کا سرسراتا ہوا لباس اس کے کانوں میں میٹھی سرگوشیاں کررہا تھا ۔ دوسرے کمرے میں پہنچ کر جب جولی نے ٹیلی فون کے چونگے پر ہات رکھا ۔ تو اس وقت تک کنول اسے اپنے بازوؤں میں لے چُکا تھا ۔ !

اس نے آہستہ سے جولی سے کہا ۔ "ٹیلی فون پر کوئی نہیں ہے ۔!

جولی اپنے آپ کو کنول کی باہوں میں پاکر ذرا سا ٹھٹھکی، پھر بھڑک کہنے لگی ۔

"مجھے فوراً چھوڑ دو !"

"سُنو ۔ باہر سے موسیقی آرہی ہے ۔ ان لوگوں نے ناچنا شروع کردیا ہے ۔ فرض کرلو کہ یہ میرے بدن کا کال ہے، کیا تم اسے سُن نہیں سکتی ہو ۔ وہ ٹیلی فون جو ایک جسم سے دوسرے جسم تک جاتا ہے ۔"

"میں ہمیشہ ریسیور نیچے پٹخ سکتی ہوں!"

"وہ بالکل ٹھیک ہے ۔ مگر حقیقت استعارے سے ذرا مختلف ہوتی ہے ۔"

تم اس وقت میری باہوں میں ہو۔ میں تمہیں اپنی باہوں میں مسل سکتا ہوں۔ اگر تم چیخو گی، تو اس وقت سب کے سامنے ایک عجیب وغریب منظر ہوگا۔۔۔!

"تم چاہتے کیا ہو۔۔۔؟"

"تمہارے ساتھ ایک ڈانس!"

"تو باہر چلو۔!"

"باہر نہیں، یہیں، ہنری کے اسٹیڈی روم میں۔۔۔۔ یہ جگہ بہت خاموش ہے، پردے پڑے ہوئے ہیں، روشنیاں نیلگوں ہیں، تم میری باہوں میں ہو۔!"

اس نے چند لمحوں کے لیے اپنی آنکھیں بند کیں۔ پھر جیسے اس نے کوئی فیصلہ کرلیا۔ وہ باہر سے آنے والی موسیقی کی دھن پر میری باہوں کے ہالے میں ناچنے لگی۔۔۔۔ ٹھنڈی اور سرد مہری، کاٹھ کی پتلی، موسیقی کی ڈور سے بندھی میری باہوں میں ہل رہی تھی۔

"ہلو آئس برگ!" میں نے اس کی آنکھوں میں دیکھ کر کہا۔ کچھ نیلی، کچھ سبزی مائل آنکھیں۔" میرے پاس ایسی ہی آنکھوں والی بلی تھی۔۔۔" میں نے جولی سے کہا۔

جولی خاموش رہی!

"ہنری تم سے شادی نہیں کرے گا۔ تم اس کی بارہویں گرل فرینڈ ہو"۔ میں نے اسے بتایا!

وہ پھر بھی خاموش رہی!

"دس منٹ کا لمبا ریکارڈ ہے۔ میں نے خود ریکارڈ پلیئر پر لگایا ہے۔ ایسا ڈانس خاموشی میں کیسے طے ہوگا؟۔۔۔

جولی ڈارلنگ۔ تمہارا کاٹھ کا سا ٹھنڈا بدن میری باہوں میں ایک بھاری صلیب کی طرح لٹک رہا ہے۔ کچھ تو پگھلو۔ اندر سے چاہے نفرت کرتی رہو۔ باہر سے

مُسکراتی رہو۔ صرف دس منٹ کے لئے کسی دوسرے جذبے کا غلاف اوڑھ لو۔ کوئی دوسرا لباس۔ دس منٹ کے بعد اسے اُتار پھینکنا۔ مگر یہ دس منٹ تو میرے اچھے گزر جائیں گے۔ وہ خوبصورت جھوٹ جس کا نام تہذیب ہے۔ اسے آخر انہی لمحوں کے لئے تو رکھا جاتا ہے۔ تم مجھ سے نفرت کرتی ہو۔ میں تم سے، تم سے نہیں، تمہارے اس اندھے جذبے سے، تمہارے بدن سے نہیں، تمہاری خوبصورتی سے نہیں، تمہاری جوانی سے نہیں، تمہارے بالوں کی مہک سے نہیں، تمہارے ڈھلتے ہوئے حسن سے نہیں، تمہاری خالی کھوپڑی سے، جو ہر اس انسان کو حقیر سمجھتا ہے جو اپنے سے کمتر اور جاہل اور رذیل نسل کا ہے، تم سے مختلف ہے، بظاہر اس قسم کی کوئی بحث میرے اور تمہارے درمیان نہیں ہوئی۔ مگر میں نے تو وہ نگاہ بھی سن لی۔ جو تم نے پہلی بار مجھ پر ڈالی۔ اور میں اس نگاہ کی بے عزتی برداشت نہ کر سکا۔ آخر نگاہ بھی بولتی ہے۔ چہرے کا خم بولتا ہے، ماتھے کی شکن بولتی ہے۔ تمہارے بدن کی ہر بیزار کن ادا بولتی ہے۔ تم ضرور چاہتی ہو کہ یہ دس منٹ دو منٹ میں طے ہو جائیں۔ مگر یہ بہت مشکل ہے۔ ناممکن ہے۔ دس منٹ دس منٹوں میں ہی ختم ہوں گے۔ وقت کا ایک ثانیہ اپنی باری پر تربیت یافتہ فوجیوں کی طرح مارچ پاسٹ کرے گا۔ ہر حرکت اپنی جگہ مخصوص اور اٹل ہے۔ وقت اس دھن کی لے کی طرح ہے۔ یہ لے کبھی نہیں بدلتی .... وقت کبھی نہیں بدلتا، صرف وہ بدلتے ہیں جن کو وہ چھوتا ہے۔ دیکھو، تم میری بانہوں میں ہو، اور ہم دونوں وقت کی بانہوں میں۔ دس منٹ کے بعد ہم دونوں دس منٹ اور بڈھے ہو جائیں گے۔ دس منٹ اور موت کے قریب، اس لئے یہ دس منٹ بھی کیوں غم اور غصے میں گزاریں۔ آؤ، گرماؤ۔ پگھلو، مُسکراؤ، چلو مجھ سے الگ رہ کر محض ڈانس کے ردم ہی کا مزہ لو.... جیسے مصور محض رنگ، شاعر محض لفظ اور ڈاکٹر محض عارضے کی کیفیت سے مزا لیتا ہے۔ تجریدی آرٹ کی بنیادیں یہیں سے شروع ہوتی ہیں۔ اور خصوصی طبی مہارت کی بھی۔ یہ Specialised.

۱۵

میڈیسن بھی ایک طرح کا تجریدی آرٹ ہے۔ یعنی جگر کو گردے سے الگ رکھ کے دیکھنا۔ تلی کو پیٹ سے، پھیپھڑے کو دل سے' اور تمھیں مجھ سے، حالانکہ یہ سب اعضا الگ الگ ہونے کے باوجود ایک دوسرے سے جُڑے ہوئے ہیں اور کسی ایک کا فعل اور عمل دوسرے کے فعل اور عمل کو سمجھے بغیر مکمل نہیں ہوسکا۔ تم اور میں اس وقت ایک ہی ڈانس کے ردم سے بندھے ہوئے ہیں۔ اپنی تمام نفرتوں، محبتوں، پسند اور ناپسند کے باوجود بندھے ہوئے ہیں۔ اور اس رقص کے ہالے سے باہر تہذیب اور سماج کی آنول سے بندھے ہوئے ہیں، کیا تمھیں ان باتوں میں کوئی شُبہ ہے۔ تم جواب کیوں نہیں دیتی ہو؟ یہ رویہ بالکل درست نہیں۔ میں ایک شریف آدمی ہوں۔ تم نے' میرا مطلب ہے تمھاری بے پناہ خوبصورتی نے، مجھے مجبور کردیا کہ میں یہ ایک چھوٹی سی چال چل کے تمھیں اپنے ساتھ رقص کرنے پہ آمادہ کرلوں۔ ایک تو تمہاری خوبصورتی، دوسری وہ بیزارکن احساس برتری والی نگاہ جو تم نے مجھ پرڈالی۔ ڈالی کیا بھالا پھینکا۔ تمھیں کوئی حق نہیں تھا۔ مجھ پر ایسی نگاہ پھینکنے کا ــــ ہر حسین عورت کو اپنی ذمہ داری سے آگاہ ہونا چاہئے خصوصاً ان تمام لوگوں کے لئے جو تمہارے ملک میں ایک مہمان کی حیثیت رکھتے ہیں۔ ویسے اعلیٰ درجہ کی مہمان نوازی ہمیشہ سے ایک مشرقی صنعت رہی ہے۔ مغرب اس میدان میں ایک مبتدی کی حیثیت رکھتا ہے۔ مگر اس میں مغرب کا بھی اتنا قصور نہیں ہے جس قدر ٹائن بی کے الفاظ میں مغرب کے جغرافیہ' اس کی آب وہوا، اور اس کے سخت گیر ماحول کا ہے۔ چلو یہ بات ٹائن بی نے نہیں کہی۔ میں نے کہی ہے۔ میں نے بھی خود سے نہیں کہی۔ کسی سے سُن کر کہی ہے۔ مگر اس فرق سے اس امر کی سچائی اور حقیقت میں کیا فرق پڑتا ہے اور اگر پڑے بھی تو تمھیں اور مجھے اس سے کیا فرق پڑتا ہے۔ یہ اکیلا کمرہ، یہ نیلگوں روشنی، یہ دھیما دھیما رقص، یہ تمھارا مکمل چہرہ، میری آنکھوں کے سامنے، اور یہ ایک ردم (Rythm) جسے دو مل کر مکمل کرتے ہیں۔ کیا تم جانتی ہو کہ ایک

سے کچھ نہیں ہوتا۔ ایک معمولی ردم بھی دو سے مکمل ہوتا ہے۔ کیا تم دو کی اہمیت سے واقف ہو۔ جولی تم مجھے کنول کہہ سکتی ہو پورا نام کنول پرساد سکسینہ ہے۔ اسے تمہیں یاد رکھنا چاہئے کنول آسان ہے۔ یہ فوراً زبان پر چڑھ جاتا ہے۔ پرساد تمہارے لئے ذرا مشکل رہے گا۔ لیکن اگر کوشش کرو گی، تو جیسے ڈنو جیسے میں رٹ کر یاد کر لوگی، سکسینہ پھر ذرا آسان ہے اگر تم یہ سمجھ لو کہ سکسینہ میں .Sex آتا ہے .Sex اینہ آسان ہے نا؟ کیا تم نے واقعی نہ بولنے کا ارادہ کر لیا ہے، زندگی بھر نہ بولوگی؟"

جولی نے کچھ نہ کہا۔ اس نے آہستہ سے آنکھیں بند کر لیں اور۔ اور پھر ایک زور کی چیخ ماری ......!

ایک لمبی، لمبی، لمبی چیخ۔ پتنگ کے دھاگے کی طرح دور تک کھنچتی ہوئی، جسم و جان کی پوری طاقت لگا کر اپنی آواز کی پوری قوت ـــ استعمال کر کے گلے سے باہر دھکیلی ہوئی یہ چیخ کنول پر پھٹ پڑی۔ ایک سپر سانک چیخ آواز کی حدوں کو توڑتی ہوئی اس کے ارد گرد بھر گئے اور بھنور سے بنائی ہوئی جیسے وہ اس میں ڈوبتا جا رہا ہے۔ پھر یکایک اس کے گال پر زور کا ایک گھونسہ پڑا۔ اور جب وہ چکرا کر پیچھے ہٹا، تو اس نے دیکھا کہ تین انگریز اس کے سامنے کھڑے غصے سے اسے گھور رہے ہیں۔!

"ڈرٹی نگر ـــ . "! (Dirty Nigger) !"

"ہنڈو نیٹو ـــ (Hindu Native)

"بلاسٹ ہم ..... یہ بلیکی میری وائف کے ساتھ ڈانس کر رہا ہے۔"

"تمہاری وائف"؟ پہلا انگریز حیرت سے بولا، "یہ تو میری وائف ہے۔"

"تمہاری وائف؟" دوسرے انگریز نے پہلے انگریز کی طرف دیکھ کر تعجب سے کہا۔

"یہ تو میری وائف ہے!"

تیسرا انگریز پہلے دو انگریزوں سے کہنے لگا، "آپ دونوں ضرور کسی بھاری

غلط فہمی میں مبتلا ہیں۔ جولی درحقیقت میری بیوی ہے ——!"

وہ تینوں حیرت اور حماقت کے مجسمے بنے ہوئے جولی کو تک رہے تھے، جو دیوار سے لگی لگی ہانپ رہی تھی۔ اس کا چہرہ سپید ہوگیا تھا۔ لیکن رخساروں پر غم اور غصے کے دو شعلے بھڑک رہے تھے!

پھر ان تینوں انگریزوں کی نظریں جولی سے ہٹ کر کنول پر جم گئیں، کنول نے گھونٹ کھانے کے باوجود مسکرانے کی کوشش کی۔ اور اپنے جام کو اوپر اٹھا کر کہا "Cheers"

ان تینوں نے کوئی جواب نہیں دیا۔ حالاں کہ ان کے گلاس بھی ان کے ہات میں تھے۔ یہ انگریز جب چاہتے ہیں۔ بلا وجہ بدتمیز بھی ہو سکتے ہیں۔!

"یہ بلڈی انڈین کیا کر رہا ہے یہاں ——؟"

"یہ معلوم کرنے سے پہلے آپ لوگوں کو یہ فیصلہ کرنا چاہئے کہ جولی آپ تینوں میں سے کس کی بیوی ہے؟ بہتر ہوگا کہ آپ لوگ ٹاس کر لیں ——!"

ان لوگوں کی نظریں کنول سے ہٹ کر جولی پر گئیں، وہاں سے ہٹ کر کنول پر، کنول سے ہٹ کر وہ تینوں انگریز پھر ایک دوسرے کو دیکھنے لگے۔ اب وہ تینوں ایک دوسرے کے قریب کھڑے آنکھوں ہی آنکھوں میں ایک دوسرے سے مشورہ کر رہے تھے!

"پہلے اسے باہر پھینک دینا چاہئے" ایک انگریز نے مشورہ دیا۔

باقی دو نے سر ہلا کے اس تجویز کی تائید کی!

اب وہ تینوں کنول کی طرف بڑھ رہے تھے۔ کنول نے سوچا، انگریزوں میں قومی یکجہتی بہت زیادہ ہے۔ اور ان کی یہ ادا مجھے بہت زیادہ پسند ہے۔ اسی خصوصیت نے غالباً انھیں کامیاب سامراج تعمیر کرنے میں بھی مدد کی ہوگی۔ اب اگر یہ لوگ ہوتے ہندوستانی تو اس وقت ان تینوں میں جولی کے لئے جوتا چل گیا ہوتا۔ مگر یہ تینوں انگریز تھے اور جولی پر جھگڑا کرنے سے پہلے مجھے باہر پھینکنے کے لئے میری طرف بڑھ رہے تھے کہ

۱۸

تان کر آہستہ آہستہ آگے بڑھ رہے تھے کیوں کہ میں بھی خاصہ تگڑا تھا اور ان کے مقابلے کے لئے تیار تھا، مگر میں دو کے لئے تیار تھا۔ اور وہ تین تھے۔ لڑائی تو بہت اچھی ہوئی اور جم کے ہوئی۔ ہنری کی اسٹڈی کا بہت سا سامان ٹوٹ پھوٹ گیا۔ ایک انگریز کے گلے میں ایک پکچر کا فریم ہار کی طرح لٹک رہا تھا۔ دوسرے کے سر پر میں نے ہنری کا نیلا لیمپ شیڈ ایک چھجے دار ٹوپ کی طرح پہنا دیا تھا۔ خود میرے رخسار پر ایک لال لکیر تھی جو ایک انگریز نے ڈاک کے لفافے کھولنے والی کند چھری کی مدد سے پیدا کی تھی وہ تو میرے رخسار پھاڑ دینا چاہتا تھا۔ مگر آج کل لفافے کھولنے والی چھری لوہے سے نہیں پلاسٹک سے بنتی ہیں۔ اور پلاسٹک میں وہ بات کہاں جو لوہے میں ہوتی ہے۔ شاید اسی امر نے میری جان بچالی اور اس بات نے بھی کہ ہنری کی اسٹڈی میں کوئی زیادہ خطرناک سامان نہیں تھا۔ بالعموم ماہر نفسیات اپنی اسٹڈی میں ایسی اشیا نہیں رکھتے جو ان کے پاگل یا نیم پاگل مریض ڈاکٹر کے خلاف استعمال کر سکیں۔ پھر بھی اچھی، عمدہ، صاف اور ستھری لڑائی ہوئی۔ کیوں کہ ہم چاروں کھائے پئے عمدہ صحت والے تگڑے نوجوان تھے اور چار پانچ پیگ اندر جا چکے تھے، اور لڑکی جس کے لئے ہم سب باؤلے کتوں کی طرح لڑ رہے تھے۔ سامنے دیوار سے لگی سارا تماشہ دیکھ رہی تھی۔ جیسے یہ بیسویں صدی کا کوئی کمرہ نہ ہو۔ آج سے پچاس برس پہلے کا کوئی پہاڑی غار ہو۔ ہم لوگ ریچھ کی کھال پہنے ہوئے ہیں اور شیکسپیئر کو پیدا ہونے میں ابھی بہت دیر ہے۔ پہلے تو میں نے Rear guard action کی کوشش کی۔ کہ جب غنیم تعداد میں زیادہ ہو اور Manonvining کی گنجائش کم ہو تو یہی طریقہ سود مند رہتا ہے، مگر کمبختوں نے دروازہ بھی اندر سے بند کر لیا تھا۔ اس لئے جم کر لڑنے کے سوا اور کوئی چارہ نہ رہا۔ کچھ عرصے تک تو پلہ برابر کا رہا۔ بلکہ شروع شروع میں ان کے چوٹیں زیادہ آئیں اور وہ لوگ میری مدافعت پر کچھ حیران بھی ہوئے۔ غیروں پر حکومت کرنے کی عادت آسانی سے نہیں

۱۹

جاتی ہے۔ شاید انھوں نے سوچا ہوگا، کہ اِدھر انھوں نے مکّا دکھایا۔ اُدھر میں نے گھٹنے ٹیک دیئے۔ کچھ ان کو اس بات کا اندازہ بھی نہیں تھا کہ ایک ہندوستانی بھی اور ڈاکٹر ہوتے ہوئے بھی عُمدہ مکّے باز ہو سکتا ہے۔ بہر حال تین تین ہیں اور ایک ایک ہے۔ کچھ عرصے کے بعد تین افراد کی انرجی ایک کی انرجی پر غالب آنے لگی۔ پہلے تو کنول لڑکھڑانے لگا پھر چکرا کر گرنے لگا۔ پھر گر گر کر اٹھنے لگا۔ پھر بالکل آخر میں اپنے گھٹنوں پر ہو گیا۔ وہ لوگ اُوپر سے مکّے اور نیچے سے ٹھوکریں مار رہے تھے۔ پھر جیسے کسی نے کنول کی آنکھوں میں سیاہی اُنڈیل دی، اور وہ تاریکی میں کھو گیا۔!

۲۰

جولی نے بستر پر لیٹے لیٹے اس کی طرف کروٹ لے لی۔ وہ ابھی تک گہری نیند میں تھی۔ مگر اس گہری نیند میں بھی اس کے ہات کنول کو ڈھونڈ رہے تھے۔ ایسی گہری نیند میں بھی وہ اس سے غافل نہیں ہوتی تھی۔ آہستہ سے کنول نے اپنا ایک ہات اس کی طرف سرکا دیا۔ جولی کی نیند میں ڈوبی ہوئی انگلیاں کنول کی انگلیوں پر سرکنے لگیں۔ وہ اس کے ہات پر اپنا ہات پھیر رہی تھی۔ جیسے پالتو کبوتر پر قبضے اور پیار اور شفقت کا ہات پھیرا جاتا ہے۔ کنول کے دل میں بیزاری کی اک لہر اٹھی۔ مگر اس نے اپنے آپ کو سنبھال لیا۔ اور بغیر کسی حس و حرکت کے اپنا ہات جولی کے ہات میں رہنے دیا۔ بستر پر بیٹھے بیٹھے اس نے اپنی آنکھیں بند کر لیں...... ایک بڑا کدو۔ ایک بہت بڑا کدو جس کے اندر وہ بند تھا اس کدو کے اندر چاروں طرف اُوپر نیچے، فرش، چھت اور اس کی دیواروں پر گھومتا تھا مگر اسے کہیں باہر جانے کا راستہ نہیں ملتا تھا۔ کدو اندر سے لجلجا اور گیلا اور گودے دار تھا اور کدو کے اندر گھومنے سے اس کے سارے جسم پر لعاب لگ گیا تھا جس کی وجہ سے وہ بار بار اسی کدو سے باہر نکلنے کی کوشش میں اندر کی دیواروں پہ چلتے چلتے

پھسل کر کدو کے فرش پر گر پڑتا تھا۔ اور ایک عجیب گیلی گیلی مرطوب دشمن خوشبو اس پر چاروں طرف سے گھیرا ڈالتی ہوئی ہنس رہی تھی۔ اس کے سارے جسم سے پسینہ پھوٹ نکلا۔ وہ سارے جسم کا زور لگا کر کدو کے گودے میں گھس گیا۔ اس کا سانس بند ہوا جارہا تھا۔ پھیپھڑے پھٹ پڑنے کے لئے تیار تھے یکایک وہ کدو سے باہر نکل آیا......!

ایک لمبی سانس لے کر اس نے جو آنکھیں کھولیں، تو وہ سینٹ جارج ہسپتال کے ایک بستر پر تھا۔ اس کے سارے جسم پر پٹیاں بندھی تھیں۔ اور اس کے سرہانے قریب ایک کرسی پر جھکا ہوا ہنری برن اسے بڑے غور سے دیکھ رہا تھا۔ کنول کو ہوش میں آتے دیکھ کر وہ آہستہ سے مسکرایا۔

بولا "کچھ زیادہ نقصان نہیں ہوا۔ تمہارا جسم بہت مضبوط نکلا۔ چھ سات دن میں ٹھیک ہوجاؤ گے۔!"

کنول نے آنکھیں بند کر کے جب اپنے اندر کے جسم کا جائزہ لیا۔ یہ بالکل ممکن ہے۔ کسی ایکسرے کے بغیر اپنے اندر کے بدن کا جائزہ لینا۔ دماغ کے اندر کوئی ایک ایسا بیرومیٹر لگا ہوتا ہے جس سے ہر انسان کو معلوم ہوسکتا ہے کہ اس کے اندر کی حالت کیا ہے؟ کنول نے آنکھیں بند کر کے اس بیرومیٹر کا بڑے غور سے مطالعہ کیا۔ پھر جب اسے اطمینان ہوگیا۔ تو اس نے دوبارہ آنکھیں کھولیں، اور ہنری کی طرف دیکھ کر مسکرادیا۔!

در حقیقت میں تمہارا شکر گزار ہوں۔ ہنری نے اس کے بستر کی چادر کی ایک شکن کو ٹھیک کرتے ہوئے کہا۔ "میں جولی سے پیچھا چھڑانا چاہتا تھا۔ تم عین وقت پر میری مدد کو آگئے۔ حالاں کہ میں نے یوں نہ سوچا تھا۔ میری اسکیم دوسری ہی تھی مگر تمہاری مداخلت عمدہ رہی۔ بہت عمدہ رہی۔!

وہ چپ ہوگیا۔ کنول سوالیہ نظروں سے اسکی طرف دیکھنے لگا۔

" جولی چاہتی تھی کہ میں شادی کرلوں اس سے۔" قدرے توقف کے بعد ہنری اپنی چھنگلیا کی پور کے ناخن کی طرف غور سے دیکھتے ہوئے بولا۔" اور میں ابھی شادی کے لئے تیار نہ تھا!"

وہ پھر چپ ہوگیا۔ اپنے ناخن کے مطالعہ کے بعد اس نے میری طرف دیکھا۔ اور اس دلکش انداز میں مسکرایا جس پر عورتیں مرتی ہیں۔" جولیا کرامبی ایک ہی نمبر کی حرّافہ ہے۔ وہ اپنے حُسن کی قوت، دائرہ اثر اور اس کی مار سے بخوبی واقف ہے۔ اس نے تین مختلف آدمیوں سے شادی کر رکھی ہے۔ اور ہر مرد کو مجبور کر رکھا ہے کہ وہ اس شادی کو خفیہ رکھے۔!"

" یہ کیسے ممکن ہے؟" کنول نے پوچھا۔

" بالکل ممکن ہے۔ پہلی شادی اس نے رچرڈ اسنوکرافٹ سے کی میکسیکو جاکے۔ رچرڈ نے سب سے زیادہ چوٹیں تمھیں پہنچائیں، کبھی وہ ایک عمدہ باکسر بھی تھا۔ دوسری شادی اس نے تھامس میک فارلین سے کی۔ یہ وہ آدمی تھا جس نے تمہارے رخساروں کو ڈاک کھولنے والی چھُری سے پھاڑنے کی ناکام کوشش کی تھی تیسری شادی اس نے قاہرہ میں کی۔ جیمس کلفٹ سے، جس نے تمھیں سب سے زیادہ ٹھوکریں ماریں۔ جیمس کلفٹ اور جولی دونوں نے مسلمان ہوکر یہ شادی کی تھی۔ مگر یہ شادی بھی انگلینڈ میں خفیہ رکھی گئی۔ اور یہ شادی پچھلی دونوں شادیوں کی نفی کرتی ہے۔ شادی کے کچھ عرصہ کے بعد جولیا کرامبی نے جیمس کلفٹ سے ایک جعلی حلف نامہ پر دستخط لے لئے تھے۔ تاکہ جیمس کلفٹ کبھی اس پر زیادہ حق جتلائے تو وہ فوراً اس سے الگ ہوجائے۔!

" مگر کیا وہ ان میں سے کسی کے پاس نہیں رہتی تھی!" کنول کی حیرت بڑھنے لگی۔

۲۳

"وہ جولی ایک ابھرتی ہوئی فلمی اداکارہ ہے۔ مشہور و معروف ماڈل گرل ہے۔ بہت مصروف رہتی ہے۔ آج یہاں تو کل وہاں۔ لندن میں اس کے تین گھر تھے۔ دو سال سے وہ اسے نباہ رہی تھی۔ اس کی جدت طبع چالاکی اور ہوشیاری کی داد دینا پڑتی ہے۔ کہ جب وہ ایک شوہر کے ہاں رہتی تھی تو دوسرے دو شوہروں کے لئے فلم کی شوٹنگ میں مصروف ہوتی اور جب وہ دوسرے کے ہاں جاتی تو پہلے دونوں کے لئے وہ کسی صابن کمپنی یا بسکٹ کمپنی کے اشتہاروں کی Assignment. پر دن رات کام میں مشغول ہوتی۔ پیسہ وہ تینوں سے اینٹھ لیتی۔ مجھے کنوارا اور مقبول اور دولت مند ماہر نفسیات سمجھ کر وہ میرے ساتھ بھی یہی چالاکی چلنا چاہتی تھی۔ اور شروع کے چند ماہ تو میں اس کی مسحور کن اور دلفریب باتوں کے چکر میں گرفتار رہا۔ پھر آہستہ آہستہ اس کا حسن میرے لئے باسی پڑنے لگا۔ یہ میری ٹریجڈی ہے، عورت کا حسن بہت جلد میرے لئے باسی ہو جاتا ہے اور میں اس کے جال سے نکلنا چاہتا تھا۔ مگر اس سے شادی کا وعدہ کر چکا تھا۔ اب اس الجھن سے نکلوں تو کیسے نکلوں، اتفاق سے مجھے اس کا بھید معلوم ہو گیا۔ اور میں نے اس کے تینوں شوہروں کو اس دعوت پر مدعو کر لیا۔ خیال تھا۔ تینوں کو ٹکرا دوں گا اور جولی کا راز فاش ہو جائے گا۔ مگر تم بیچ میں آن ٹپکے۔ بلکہ ایک ہندوستانی بیل کی طرح سینگ مار کر اندر آن گھسے۔ اس میں کوئی شبہ نہیں کہ میری اس اسکیم میں تمہارا داخلہ بہت شاندار رہا۔ میں جولی کے چنگل سے آزاد ہو گیا۔

"اور میری جو ہڈی پسلی ایک ہو گئی؟"

"گھبراؤ نہیں۔ آٹھ دس دن میں ٹھیک ہو جاؤ گے۔" ہنری نے اپنی کلائی کی گھڑی دیکھ کر کہا۔ "اچھا میں چلتا ہوں۔ اس وقت ایک ایسے لکھ پتی انگریز کو وقت دے رکھا ہے۔ جسے ہر منگل وار کو یہ وہم ہو جاتا ہے کہ وہ پلاسٹک کا بنا ہوا ہے" یہ ہنری نے چلتے چلتے کہا۔

۲۴

"کاش میں بھی پلاسٹک کا بنا ہوتا تو اس وقت مجھے دس روز کے لئے بستر پر تو نہ لیٹنا پڑتا۔" کنول نے ہنری سے کہا اور جب ہنری چلا گیا تو ادھیڑ عمر کی ایگنس جو اس کی نرس تھی اپنے دونوں ہاتھوں میں پھولوں کا ایک بہت بڑا گلدستہ لئے ہوئے اندر آئی۔ اور میرے سرہانے اس نے وہ پھول رکھ دیئے۔!

میں نے پھولوں کے ساتھ بھیجا ہوا کارڈ پڑھا اس پر ایک سوال درج تھا How many bones? نیچے جولیا کرمی کے دستخط تھے۔!

میں نے ہاتھ کے ایک جھٹکے سے گلدستے کو پرے کر دیا۔ گلدستہ بستر سے لڑھکتا ہوا فرش پر جا گرا۔ ایگنس غصے سے میری طرف دیکھتی رہ گئی۔ کنول نے جولیا کی طرف دیکھا۔ اسے محسوس ہوا جیسے اس گلدستے کے سوال کی تضحیک اس وقت بھی جولیا کے چہرے پر نمودار ہے۔ جیسے نیند میں اس وقت بھی اتنے برسوں کے بعد وہ اس پر ہنس رہی ہے۔ کنول جولیا کے ہاتھ سے اپنا ہاتھ نکال کے ایک ہاتھ زور کا جولیا کے گال پر دینا چاہتا تھا۔ مگر بڑی مشکل سے اس نے اپنے آپ کو روکا۔ اس کی آزادی میں اب زیادہ دیر نہیں ہے۔ مگر پیشتر اس کے کہ وہ مکمل طور پر آزاد ہو جائے وہ ماضی کو اچھی طرح دیکھ لینا چاہتا تھا۔ کہیں اس کے فیصلے میں کوئی غلطی نہ رہ جائے۔!

دس دن کے بجائے اسے بیس روز بستر پر رہنا پڑا تھا۔ آخر وہ ٹھیک ہو کر پھر سے کام میں لگ گیا تھا۔ کنول بہت ہونہار۔ پلاسٹک سرجن تھا۔ اس ہنگامے کی کوئی خبر اخبار میں نہیں چھپی تھی۔ سینٹ جارجز کے ہسپتال کے لئے اس کی خدمات بیش قیمت تھیں۔ اسی لئے وہ نکالا نہیں گیا تھا۔ بلکہ سب لوگ اسی سے ہمدردی جتلانے اس کے پاس آتے تھے۔ اگر ہوتا وہ کوئی معمولی سرجن تو ایک رنگدار Coloured ڈاکٹر سمجھ کر اسے ہسپتال سے الگ کر دیا گیا ہوتا۔ مگر ابھی ہسپتال کو اس کی ضرورت تھی، اور ضرورت بھی کیا چیز ہے؟ ضرورت ہو، تو رنگ،

نسل، مذہب، تعصب، ذاتی پسند اور ناپسند کا ہر جذبہ دبا جاتا ہے اور اس جذبے کو دبا دینے کے لئے مختلف خوبصورت ناموں کا سہارا لیا جاتا ہے۔ لفظ جیسے انسانیت، لفظ جیسے مساوات، لفظ جیسے خدا ترسی، حق شناسی، وسیع النظری اور جانے کیسے کیسے خوبصورت نام، حسین جذبے اور دلکش فلسفے اس بنیادی ضرورت پر غلاف چڑھانے کے لئے استعمال کئے جاتے ہیں۔ کبھی کبھی تو مجھے ایسا لگتا ہے کہ اس دُنیا میں جتنے خوبصورت جذبے ہیں چند بُنیادی ضرورتوں کی کٹھ پُتلیاں ہیں۔!

پھر ایک دن ہسپتال میں جولی مجھ سے ملنے کے لئے آئی۔ اس عمدہ سِلے ہوئے پیلے رنگ کے فراک میں وہ زرد گلاب کا ایک پھول معلوم ہوتی تھی۔ مگر اس کی نگاہوں میں اور اس کے تبسم میں تیز تند کے کانٹے تھے۔ جب وہ کمرے میں آئی۔ تو ایک خار دار جھاڑی کی طرح سرسرا رہی تھی۔!

"کیا تم نے پولیس کو مطلع کر دیا ہے؟" اس نے آتے ہی پوچھا۔

"کاہے کے لئے؟"

"یہی کہ میرے تین خاوند ہیں۔ اگر تم ثابت کر سکو تو میں سیدھی جیل جا سکتی ہوں۔!"

اوّل تو مجھے تمھاری ایسی خوبصورت عورت کو جیل پہنچانے میں کوئی دلچسپی نہیں ہے۔ پھر مجھے یہ بات ہی بہت دلچسپ اور خوشگوار معلوم ہوئی کہ لندن میں ایک عورت ایسی بھی ہے، جو مردوں کو اسی طرح دھوکا دے سکتی ہے جس طرح مرد عورتوں کو دیتے ہیں تمھاری دیدہ دلیری مجھے پسند آئی۔ اس لئے پولیس میں جلنے کا سوال پیدا نہیں ہوتا۔!"

"تو شاید تم ان تین گوروں کے خلاف رپورٹ کرنے کا ارادہ رکھتے ہو۔ جنھوں نے تمھیں پیٹا تھا۔!

"ایسا کوئی ارادہ نہیں ہے میرا۔ البتہ میں ان تینوں کو اچھا ہو جانے پر الگ الگ

پیٹنے کا ارادہ رکھتا ہوں - ایک وفادار بیوی ہونے کی حیثیت سے تمھیں کوئی اعتراض ہے؟"

"اس کے برعکس، مجھے تو خوشی ہوگی - اگر تم ان تینوں کی ہڈیاں توڑ سکو - اور وہ تمھیں ختم کر سکیں - تم چاروں نے اس دن میرے لئے جو جنجال کھڑا کیا ہے - اس سے مجھے سخت وحشت ہو رہی ہے!"

"کیوں ــــ؟"

"اس دن میرا سارا بھید کھُل گیا - اور وہ تینوں مجھ پر دعوے کرنے کے بارے میں سوچ رہے ہیں!"

"اور ہنری - ؟"

"ہنری نے مجھے چھوڑ دیا ہے" وہ ہونٹ چبا کر بولی - "مگر میں ایک مکمل اجنبی سے ایسے کیوں بات کر رہی ہوں؟"

"کیوں کہ میں تمھارا چوتھا شوہر ہونے جا رہا ہوں!" -

"شٹ اَپ!" وہ غصّے میں کھولتی ہوئی بولی "کوئی کالا آدمی میرا شوہر نہیں ہو سکتا!"

"پھر تُم مجھ سے ملنے کے لئے کیوں آئیں - ؟ خیریت پُوچھنے یا یہ معلوم کرنے کہ میں پولیس میں جا رہا ہوں کہ نہیں..... فرض کرو کہ میں پولیس میں رپورٹ کرنا چاہتا ہوں!"

"میں تمھاری اس خواہش کو خریدنا چاہتی ہوں - کیا لوگے؟

"تمھیں ــــ!"

"تمھیں معلوم نہیں ہے - اور مجھے یہ کہنا بھی نہ چاہیے - مگر کیا کروں - شاید یہ میرے خون میں ہے کہ مجھے رنگ دار لوگوں کو دیکھ کر عجیب طرح کی کراہیت کا احساس ہوتا ہے - جب میں اس دن تمھاری بانہوں میں تھی - تو جی چاہتا تھا تم پر تھوک دوں!"

"شکریہ ــــ!"

"اس لئے قاعدے کی بات کرو - میں تمھیں روپئے دے سکتی ہوں! تمھاری

خاموشی خریدنے کے لئے پانچ سو پونڈ دے سکتی ہوں۔!"

"بہت کم ہیں۔!"

اس سے زیادہ کی ——" وہ رُک گئی۔ ایک لمبے وقفے کے بعد بولی۔"چلو.... میں کہیں نہ کہیں سے ڈیڑھ دو سو پونڈ اور کرلوں گی!"

"میں ایک لاکھ ڈالر لوں گا۔!"

"پاگل ہوئے ہو——؟"

"ایک لاکھ ڈالر تمھارے جیسی خوبصورت گلبدن شعلۂ رُخ عورت کے عوض میں بہت کم مانگے ہیں میں نے۔!"

"ایک لاکھ ڈالر میں کہاں سے دے سکتی ہوں——؟"

"یہ مجھے معلوم نہیں——!"

"پھر کیوں مانگتے ہو——؟"

"کس نے مانگا۔ یہ شوشہ تم نے چھیڑا ہے۔ تم میری خاموشی کی قیمت ادا کرنا چاہتی ہو۔ میں نے اپنی قیمت بتادی——!"

"کم نہیں کروگے؟" وہ میری طرف دیکھ کر کچھ عاجزی، کچھ مجبوری، کچھ غصے سے دیکھنے لگی۔ اس کے چہرے پر اس وقت امید و بیم کی شطرنج کھل رہی تھی!

"ایک ڈالر کم کردوں گا——!"

"مذاق کرتے ہو؟"

"تو دو ڈالر کم سہی۔!"

"تمھیں آٹھ سو پونڈ سے زیادہ نہیں دے سکتی۔ یہ آخری آفر ہے!"

"اپنے ہاں بھی فکسڈ پرائس کا اصول چلتا ہے!"

"میں تمھارا گلا گھونٹ سکتی ہوں!"

۲۸

"شوق سے آگے بڑھیے!"

"ڈرٹی نگر۔!"

"لولی گرل۔!"

"کیوں نہیں ان تینوں نے تمہاری جان لے لی؟"

"لک۔ سوئٹ۔ مذاق ختم ہو چکا۔ میں نہ تمھارا چوتھا شوہر بننا چاہتا ہوں۔ نہ تم سے ایک ڈالر یا ایک سو پونڈ لینا چاہتا ہوں۔ نہ پولس میں جانا چاہتا ہوں۔ اَب آپ اطمینان سے جا سکتی ہیں۔ مس جولیا کرامبی!"

اس نے میری طرف گہری آتش بار نگاہوں سے دیکھا۔ پھر کچھ کہے سُنے بغیر کمرے سے نکل گئی۔ مگر اس کی آنکھوں میں میرے لئے انتہائی نفرت تھی۔ جیسے وہ اس احسان کو بھی قبول کرنے کے لئے تیار نہ تھی۔ مگر مجبور تھی اور اسی مجبوری کی بنا ء پر اس کی نفرت مجھ سے اور بھی بڑھ گئی تھی۔ مجھے اس کے طرزِ عمل پر کوئی حیرت نہ ہوئی۔ کیوں کہ میں نے خود اپنی زندگی میں یہی کیا ہے جس کسی نے مجھ پر کوئی احسان کیا ہے۔ میں دل ہی دل میں اسے ناپسند کرنے لگا ہوں۔ شاید مجھے یہ بات پسند نہیں کہ کوئی بھی میرے لئے اس حیثیت میں ہو کہ مجھ پر کوئی احسان کر سکے۔ خود احسان کرنے والے کے دل میں ایک خبیث صفت چھپی رہتی ہے جیسے احسان کر کے اس کا چہرہ بتا رہا ہو۔ دیکھا۔ جس کام کو تم اپنے لئے نہ کر سکے، وہ ہم نے تمھارے لئے کر دیا۔ اب جھکا دو اپنے کندھے۔ اور گرا دو اپنے ہات زمین پر۔ اور جھک کر چلو ایک گدھے کی طرح۔ تا کہ ہم اپنے احسان کا بوجھ تمھاری پیٹھ پر لاد کر چلیں۔!

ظاہر ہے کوئی شریف آدمی گدھا بننا پسند نہیں کرتا!۔

سہ پہر میں ہنری میرے پاس آیا۔!

۲۹

"جولی آئی تھی ۔؟" اس نے پوچھا۔

"ہاں!"

"پھر!"

پھر میں نے اسے پوری بات بتادی ۔ سن کر ہنری نے بڑے تعجب سے سر ہلادیا "تم نے بیکار میں اپنی مشرقی نیکی کا ثبوت دیا! اس سے روپے لے لئے ہوتے!"

میں نے انکار میں سر ہلادیا ۔!

"تم اس سے محبت کرنے لگے ہو!"

"بالکل نہیں!"

"پھر اس قدر فرشتہ بننے کی کیا ضرورت تھی ۔ آٹھ سو پونڈ؟"۔

میں چپ رہا ۔!

وہ بولا ۔ "اس کے تینوں خاوند اپنے سالسٹروں سے مشورہ کر رہے ہیں ۔ اب تمہیں ایک پیسہ نہیں ملے گا ۔!"

"نہ ملے ۔!"

"جولی لندن چھوڑ کر کہیں چلی گئی ہے ۔ اسے کہیں سے شاید خبر مل گئی ہوگی"۔ ہنری کونگ برن نے مجھے بتایا ۔ پھر کرسی سے اٹھ کھڑا ہوا ۔ اپنے منہ میں پائپ کو ٹھیک کرتے ہوئے بولا ۔ "وہ زر پرست لڑکی اس وقت تمہارے قابو میں تھی ۔ تم نے اسے کیوں جانے دیا ۔ احمق؟ ۔ تم ایک گاڑی خرید کر سکتے تھے ۔!"

"ہمارے یہاں خوش حال کسان اپنی بھینسوں کو سونے کی ہنسلی پہناتے ہیں!"

"کیا مطلب؟ وہ حیرت سے میرا منہ تکنے لگا ۔" یہ بات کیا ہوئی؟"

"تم نہیں سمجھو گے ..... یہ مشرق اور مغرب کا فرق ہے!"

"Fiddlesticks"! اس نے استہزائیہ لہجے میں کہا ۔ اور کمرے سے باہر

۳۰

جاتے ہوئے کہنے لگا۔ Well,so long-I guess اگر یہ معاملہ اخباروں میں پہنچ گیا۔ تو شاید مجھے بھی سینٹ جارجز سے جانا پڑے گا۔" اتنا کہہ کراس نے پائپ سے ایک فکریہ کش لیا۔ اور بے آواز قدموں سے باہر چلا گیا۔ میں نے اپنی آنکھیں بند کرلیں۔ میرے پپوٹوں کے اندر سبز رنگ کا ایک پائپ سُلگ رہا تھا۔ جس کا رنگ ہولے ہولے زردی مائل ہوتا جا رہا تھا۔ پائپ اب پھیل کر ایک فراک بن گیا تھا۔ فراک میں زرد پھول کِھل گئے تھے!۔

÷

۳۱

جولی کو لندن سے غائب ہوئے تین ہفتے گزر چکے تھے، کہ ایک روز ہنری نے تھامس میک فارلین کو ٹیلی فون کیا۔

"ہلو ٹام۔ مجھے افسوس ہے تمھیں ایک بہت بُری خبر سُنا رہا ہوں۔!"

"جلدی کہو۔میرے پاس زیادہ وقت نہیں ہے۔ باس کا بُلاوا آیا ہے!"

میک فارلین بیور برادرس کی مشہور و معروف اینٹی بائیوٹکس دوائیں بنانے والی کمپنی میں ایک ایگزیکیوٹو تھا۔اور ہنری کو ٹک برن کو پسند بھی نہیں کرتا تھا۔

"ہنری بولا۔"میں چاہتا ہوں۔تم آ کے جولی سے مل لو۔!

"جولی۔؟— کہاں ہے۔ جولی۔؟—" ٹیلی فون کے ادھر سے ٹام نے شدید بیزاری کے لہجے میں زور سے کہا۔

"ہمارے اسپتال میں۔!"

"جولی ایک موٹر ایکسیڈنٹ میں شدید طور پر زخمی ہو گئی ہے۔وہ موٹروں کی ریس میں حصہ لینے والے مشہور موٹر باز ہیری ایمنڈیل کی اسپورٹس کار میں لندن سے باہر جا رہی

تھی۔ ہیری کو تم جانتے ہو گے۔ نام تو سنا ہوگا۔ اس کے لئے اسی نوے میل کی رفتار سے چلانا ایسا ہی ہے، جسے ہم سلو ڈرائیونگ کہتے ہیں۔ اس ایکسیڈنٹ میں ہیری تو مر گیا ہے۔ اس کی لاش سینٹ جارجز میں پڑی ہے۔ مگر جولی کے بچنے کی بھی کم امید ہے، اس کے.....!"

ہنری ابھی کہہ ہی رہا تھا۔ کہ ادھر سے میک فارلین نے رسیور رکھ دیا۔

"ہلو۔ ہلو۔ ہلو!" کہہ کر ہنری نے دو تین بار پکارا۔ پھر اس نے جیمس کلفٹ کو ٹیلی فون کیا۔!

"ہلو جم۔ میں ہنری بول رہا ہوں!"

"کون ہنری؟"

"جولی کا دوست!"

چند لمحوں کا سناٹا۔ پھر ٹیلی فون پر گالیوں کی ایک تیز لمبی بوچھار۔

ہنری کے چہرے پر مسکراہٹ آگئی۔ بڑے مزے سے وہ گالیاں سنتا رہا جیسے کان میں شہد گھل رہا ہو۔ جب بوچھار، چند لمحوں کے لئے رکی۔ تو اس نے کہا۔ "جم اس وقت کیا کر رہے ہو؟"

"بربن پی رہا ہوں!"

"کیا تم پانچ دس منٹ کے لئے بھی نہیں آسکتے جولی چند گھنٹوں کے بعد ممکن ہے زندہ نہ رہے۔ ہم سب اپنی پوری کوشش کر رہے ہیں۔ موٹر کے ایک حادثے میں شدید طور پر زخمی ہو چکی ہے۔ کچھ بھی کہو۔ آخر وہ تمہاری بیوی ہے۔ یا وہ رہ چکی ہے۔ اور تم ایک مشہور انگریز مصنف ہو۔ اپنے ملک سے باہر یورپ میں تمہیں انگریزی کلچر کا بہترین نمائندہ مانا جاتا ہے۔ اور.....!"

یہ بکواس بند کرو۔ میں جولی کے لئے اب کوئی نہیں۔ وہ میرے لئے اب کچھ نہیں میں نے سب کچھ کیا۔ اس بڈھی کے لئے۔ قاہرہ جا کے مسلمان ہو کے اس سے شادی کی۔

۳۳

میں احمق تھا نمبرون کا..... مجھے برون پینے دو اس وقت۔ جولی کی یاد مت دلاؤ ــــــ جہاں تک میرا تعلق ہے، وہ مر چکی ہے۔ میں.... !"

"سنو جم۔ اسے اس وقت مدد کی ضرورت ہے۔ پانچ فیصدی چانس ہے وہ بچ جائے۔ اس وقت اسے مدد چاہئے۔ نفسیاتی مدد۔ اس کی دونوں ٹانگیں ٹوٹ گئی ہیں۔ اور دونوں بازو۔ اور کولہے کی ہڈی۔ اور جسم پر بے شمار زخم ہیں۔ وہ اس وقت بالکل ہیری کی شکستہ اسپورٹس کار کی طرح ہے.... جم آؤ ــــ اس کا ہات پکڑ لو ــــ !"

"تم خود اس کا ہات پکڑ کر بیٹھو۔ ہنری.... میں تو آج شام کے ہوائی جہاز سے اسرائیل جا رہا ہوں۔ اپنے نئے ناول کا مواد ڈھونڈنے.... بائی !"

جم نے ٹیلیفون رکھ دیا۔ ہنری نے رچرڈ اسنو کرافٹ کو ٹیلیفون کیا ــــ جو ایک مشہور ہیوی ویٹ باکسر تھا۔ معلوم ہوا وہ دنگل لڑنے کے لئے نیویارک گیا ہوا ہے۔ ہنری نے ریسیور رکھ کر ناامیدی سے کنول سکسینہ کی طرف دیکھا۔ کنول سکسینہ نے دھیرے سے ایک طنزآمیز قہقہہ لگایا۔ ہنری کو کنول کی یہ ہنسی سخت ناپسند تھی۔ یہ ایک ایسے آدمی کی ہنسی تھی۔ جو بہت زیادہ جانتا ہو جیسے معلوم ہو کہ دھوپ مر چکی ہے۔ دل سیکس کے پنجرے ہیں۔ چاند بانجھ ہے اور آکاش میں دو سو میل کے اوپر کوئی روشنی نہیں ہے۔ لیکن دو سو میل دور جانے کی کیا ضرورت ہے۔ ہنری سے ایک دن کنول نے کہا تھا۔ صرف چھ انچ اندر جا کے دیکھو۔ پسلیوں کے اندر چھ انچ۔ دل کے اندر کوئی روشنی نہیں ہے۔ یہ بجلی کا معجزہ ہے۔ ہنری۔ گاؤں گاؤں شہر شہر روشنی پھیلی ہے۔ مگر دل کے اندر کوئی روشنی نہیں۔ نہیں نہیں نہیں نہیں ــ !"

"اچھا اچھا اچھا اچھا۔ اپنی بکواس بند کرو۔" ہنری نے کنول سے کہا ــــ اور ٹیلی فون پٹخ کے کمرے سے باہر چلا گیا۔ اور کنول نے جا کے جولی کو دیکھا۔ صرف اس کی آنکھیں بچ گئیں تھیں۔ جانے کس طرح۔ یہ ایک معجزہ تھا۔ جسم کے ایک حصّے کا شکستہ ہو جانا اور صرف آنکھوں کا بچ جانا۔ جیسے ان آنکھوں کو سزا کے طور پر زندہ رکھا گیا ہو۔ کنول نے ایلز بتھ کے

ہات سے میڈیکل رپورٹ چھین لی۔ نرس ایلزبیتھ کی آنکھیں آنسوؤں میں ڈوبی ہوئی تھیں۔ وہ میڈیکل رپورٹ اسے اپنی گاڑی کی رپورٹ معلوم ہوئی جسے اس نے تین ماہ قبل موٹر میکینک کو ٹھیک کرنے کے لئے دی تھی۔ !

رنگ پسٹن	بروکن
دائیں ران کی ہڈی	بروکن
بیٹری	نئی آئے گی
ناک کا بانسہ	نیا بنے گا
کاربوریٹر	ختم
کان	غائب
مڈ گارڈ	کچلے ہوئے و پچکے
دونوں بازو	دو جگہ سے ٹوٹے ہوئے

وغیرہ وغیرہ

لمبی فہرست۔ اس نے ایک موٹر میکینک کی پیشہ ورد لچسپی سے پڑھی۔ ہیری کی اسپورٹس کار کو جنک سمجھ کر کوڑے میں ڈال دیا گیا تھا۔ کوئی میکینک اسے ٹھیک نہیں کر سکتا تھا۔ یہی حالت جولی کی تھی۔ اول تو اس کے بچنے کی کوئی امید نہیں تھی۔ دوسرے اگر وہ بچ بھی گئی تو اسپتال سے کیسی بھیانک اور خوفزدہ چیز ہو کے وہ نکلے گی، اسے سوچ کر ہی کنول کے رونگٹے کھڑے ہوتے تھے ــــ اس سے کہیں بہتر ہے کہ جولی مرجائے۔ مگر جولی مرتی بھی نہیں تھی۔ چار دن سے متواتر وہ زندگی اور موت کے درمیان ایک بے بس پینڈولم کی طرح ہل رہی تھی۔ جسم پٹیوں سے بندھا ہوا۔ دماغ پیتھیڈرین سے ماؤف، شریانوں میں لہو دیا جا رہا تھا اس کا جسم ٹوٹی ہوئی ہڈیوں اور کچلے ہوئے گوشت کا مربہ سا بن گیا تھا۔ پھر بھی وہ زندہ تھی۔ اور اگر خدا نہ کرے وہ کہیں سچ مچ زندہ رہ گئی۔ تو.... تو.... کنول کے سارے بدن میں ایک

جھرجھری آئی۔ اسے سائنس فکشن کی ایک کہانی یاد آئی۔ جس میں دوسرے ستاروں پر آبادی مخلوق کا ذکر تھا۔ جس کے ہات پاؤں نہیں ہوتے تھے۔ اور جو لیجلیے گوشت کے لوتھڑے کی طرح اپنے جسم سے ایک سفید رطوبت خارج کرتے ہوئے اسی لیس پر پھسل کر چلتی تھی۔ کیا سچ مچ جولی ایسی ہو جائے گی۔ اور اگر فرض کرلو کہ اس کا دماغ ٹھیک رہا یا پھر سے کام کرنے لگا۔ حالاں کہ ان دونوں باتوں میں اسے شبہ تھا۔ تو اس کے دماغ کے اندر کیسے بھیانک مدوجزر چلیں گے اس کے دماغ میں وہ جولی جو اس موٹر حادثے سے پہلے تھی اور وہ دماغ میں ساتھ ساتھ زندہ رہ سکیں گی۔ اور اگر رہ گئیں زندہ تو یاد ایک چابک ہوگی۔ اس بدصورت جولی کے ہات میں جس سے وہ ہر لحظ اس خوبصورت جولی کے بدن کو گھائل کیا کرے گی!

کنول جولی بن گیا۔ وہ اپنے جسم کے انگ انگ میں اس چابک کے دار کو محسوس کر کے اندر ہی اندر کسی غیر معمولی درد سے بلبلانے لگا۔ نو نو نو۔ وہ بولے گا نہیں۔ جولی کا درد اس کا کیسے ہو سکتا ہے۔ دونوں موٹریں اس کے اندر ٹکرا گئیں تھیں۔ اور وہ اپنے ایک ایک انگ کو زخمی اور شکستہ محسوس کر رہا تھا۔ اس نے گھبرا کر موٹی نرس ایلزبیتھ کا ہات پکڑ لیا۔ نرس ایلزبیتھ اندر ہی اندر جانے کب سے کنول سے پریم کرتی تھی۔ کنول کا ہات اپنے ہات پر دیکھ کر اس کا چہرہ کھل گیا۔

"کیا بات ہے ڈاکٹر؟" وہ گہری نگاہوں سے ایک خاص ادا سے اس کی طرف دیکھتے ہوئے بولی۔

There is short circuit some where. اس نے کہا۔

"شارٹ سرکٹ؟" نرس ایلزبیتھ نے حیران ہو کر پوچھا۔ وہ موٹی تھی۔ گوشت اور چربی کا نرم گرم مجسمہ۔ اس کے موٹاپے نے اس کے چہرے کے خدوخال ایسے مسخ کر دیئے تھے۔ جیسے Ejestein اپنے آرٹ سے اپنی عورتوں کے مجسموں کے خدوخال مسخ کر دیتا ہے۔ نرس ایلزبیتھ کی روح بھی ایک موم بتی سے مشابہ ہے۔ کوئی بھی اسے اٹھا کر رات بھر جلا سکتا ہے۔

گھبرا کر اس نے جولی کے شکستہ ڈھانچے کی رپورٹ ایلزبتھ کے ہات میں واپس تھما دی۔ اور کمرے سے باہر نکل گیا۔ اسپتال سے باہر نکل گیا۔ باہر سڑک پر چلنے لگا۔ خوبصورت نیلے رنگ کے دو پیس کا بلاوز اور اسکرٹ پہنے ہوئے ہات اور پاؤں اور سارے جسم سے تندرست ایک انگریز لڑکی اپنی کلائی کی گھڑی پر نگاہ ڈال کے جب اس کے قریب سے گزر گئی۔ تو یکایک جولی کے لیئے اس کی آنکھیں بھیگ گئیں۔

اگلے دو تین دن وہ اسی کے متعلق سوچتا رہا۔ جولی جو اب جیلی تھی۔ ایک لیس دار رینگنے والی جیلی۔ جیلی میں دو آنکھیں۔ پلکوں کے بغیر پٹ پٹ اس کی طرف دیکھتی ہوئی۔ کوئی شکایت نہیں تھی۔ ان نگاہوں میں کوئی غصہ نہیں تھا۔ تقدیر سے لڑنے کی کوئی خواہش نہیں تھی۔ وہ آنکھیں بس اس کی طرف دیکھے ہی جاتی تھیں۔ اس نے دُعا کی جولی مر جائے، رات کے سناٹے میں اس نے کسی گہری اندرونی جابر تاریک طاقت کو پکارا۔ جولی مر جائے۔ تاکہ اسے کسی طرح نیند تو آجائے۔

مگر اس کی آنکھوں میں نیند نہیں آئی۔ اور بستر کے قریب تپائی پر رکھا ہوا کلاک زور زور سے ٹک ٹک کرنے لگا۔ اور اس نے روشنی کا سوئچ کھول دیا۔ روشنی سارے کمرے میں بھر گئی۔ اس کی نیند سے خالی آنکھوں میں چبھنے لگی۔ اس نے پریشان ہو کر پڑھنے کے لیئے میگزین اُٹھا لیا Mini fashion پہلے ہی صفحے پر جولی کی تصویر تھی۔ نئی نائلون جرابوں میں جولی کی خوبصورت سڈول لانبی ٹانگیں۔ اس نے میگزین پھینک دیا۔ آنکھیں بند کر لیں۔ سوئچ آف کر دیا۔ ٹک ٹک ٹک..... ایک ہفتے تک وہ جولی کے کمرے کی طرف نہیں گیا۔ اور ایک ہفتے میں بھی جولی نہیں مری۔ اس کی دُعاؤں کے باوجود نہیں مری۔ پھر بڈھے ایرک رابنسن نے اسے بتایا کہ جولی کا دماغ اب ٹھیک سے کام کرنے لگا ہے۔ خوش قسمتی سے جولی کے دماغ پر کوئی خاص چوٹ نہیں آئی تھی۔ بُڈھا رابنسن دماغیات کا ماہر مانا جاتا تھا۔ اس کی بات سن کر کنول کا دل بیٹھ گیا ــــ!

"کیا مطلب ہے آپ کا۔ پروفیسر۔ جولی بچ جائے گی ؟"

"علامات تو کچھ ایسی ہیں ...." رابنسن نے کچھ رک کر کچھ جھجک کر ایک ایک لفظ کو ناپ تول کر کہا۔ پروفیسر رابنسن اپنی تحت البیانی کے لئے مشہور تھا۔ اس لئے جب وہ کہے کہ جولی میں بچنے کی علامات پائی جانے لگی ہیں، تو سمجھ لو کہ کیس خاصا اُمید افزا ہے۔ !

"خوش قسمتی سے اس کے دماغ میں ....." پروفیسر نے کچھ مزید کہنا چاہا۔ مگر کنول نے اسے راستے ہی میں کاٹ دیا۔ بولا۔

"آپ اسے خوش قسمتی کہیں گے پروفیسر، جولی بچ جائے گی؟ــــ اس کا مطلب ہے کہ وہ دیکھ سکے گی۔ محسوس کر سکے گی۔ سمجھ سکے گی۔ اندازہ کر سکے گی۔ مقابلہ کر سکے گی۔ اپنے حال کا ماضی سے۔ ماضی کا مستقبل سے ..... جولی کے لئے یہ زندگی ہوگی کہ مسلسل موت! ..... پروفیسر؟"

"طبی اعتبار سے تو یہ زندگی ہوگی۔ سماجی اعتبار سے میں نہیں جانتا کہ ..... پروفیسر چپ ہوگیا۔ پھر بُدبُدا کر بولا۔ "میں سماجیات کا ماہر نہیں ہوں ــ!"

پروفیسر سر ہلا کر جلدی سے کنول سے رخصت ہوگیا۔ جیسے اس نے اپنے سامنے کسی نئی الجھن کو دیکھ لیا ہو۔ اور اب اس سے بھاگ نکلنے کی کوشش کر رہا ہو۔ اس کے جانے سے پہلے کنول نے پروفیسر کا کوٹ پکڑ کر کہا تھا۔ کیا آپ یہ مناسب نہیں سمجھتے کہ Mercy Mercy killing ایسے ہی مریضوں کے لئے جائز اور قانونی قرار دیدی جانی چاہئے؟" مگر پروفیسر نے جلدی سے اپنا دامن چھڑا لیا تھا اور منہ میں کچھ بُدبُداتا ہوا وہاں سے چل دیا تھا۔

رات

ایک بجے

اکیلا

پتلون کی دونوں جیبوں میں ہات ڈالے ہوئے آہستہ آہستہ چلتا ہوا میں جولی کے کمرے کے اندر گیا۔ نرس ایلزبیتھ سے میری آنکھیں چار ہوئیں۔ آہستہ سے ایک بہت مبہم سی

راز دار۔ سمجھنے اور جاننے والی مسکراہٹ اس کے لال موٹے چہرے پر آگئی۔ وہ سمجھ رہی تھی میں اس کے لئے آیا ہوں، وفورِ جذبات سے اس کی آواز کپکپا گئی۔ باریک نازک لہجے میں بولی۔" اوہ ڈاکٹر۔ آج تو رات بھر کی ڈیوٹی ہے میری ..... کس قدر تھک گئی ہوں میں۔ یہ میرے چارج میں سب سے مشکل کیس ہے۔ کتنا مضبوط دل اس کا ہے ---

!.... I dare say .... The old girl won't die

وہ چپ ہو گئی۔ اس نے ایک کرسی کی طرف اشارہ کیا۔ میں بیٹھ گیا۔ ایلزبیتھ نے ایک موٹا بات میرے ہات پر رکھ دیا۔ اور کانپتی ہوئی آواز میں بولی۔" کنول۔ تم میرے ساتھ کبھی پکچر تک نہیں گئے۔!"

"اس سنیچر کو چلیں گے۔" میں نے اس سے وعدہ کیا۔" پھر اور لینڈو میں اطالوی کھانا .... تمھیں اطالوی کھانا پسند ہے!"

بستر پر جولی کے کراہنے کی آواز سُنائی دی۔ ایلزبیتھ نے گھڑی دیکھی۔" وہ ہوش میں آنے والی ہے دوا کا اثر ختم ہو رہا ہے۔ مجھے اسے دوسرا انجکشن دینا پڑے گا۔ میں ڈیوٹی روم میں جا کے انجکشن لے آؤں۔ کنول وعدہ کرو تم نہیں جاؤ گے۔!"

" وعدہ کرتا ہوں۔ میں بیٹھوں گا۔ میں دراصل تمھیں دیکھنے آیا تھا۔ لزا۔!

لزنے خوشی سے آنکھیں نچائیں۔ اور جھولتی ہوئی کمرے سے باہر نکل گئی۔

اب موقع تھا۔ مجھے نہیں معلوم تھا۔ اتنا آسان ہوگا۔ جولی کو مار دینا۔ ایلزبیتھ باہر تھی جتنی دیر میں وہ انجکشن لے کے آتی ہے۔ میں اپنا انجکشن جو میری جیب میں ہے جسے میں تیار کر کے لایا ہوں۔ ایک منٹ میں بلکہ چند سکنڈ میں جولی کو دے سکتا ہوں۔ اسی دوا کی ڈبل ڈوز جو جولی کو سونے کے لئے دی جاتی ہے۔ جو ابھی ڈیوٹی روم سے ایلزبیتھ لا کے دے گی۔ یقیناً اس تین گنی ڈوز سے جولی مر جائے گی۔ ہمیشہ کے لئے اس زندہ جہنم سے چھوٹ جائے گی۔

میں نے جیب سے ڈبیا نکالی۔ ڈبیا نکال کے انجکشن کی سوئی کو احتیاط سے نکالا

دوا اس میں بھر کے لایا تھا۔ میں نے سوئی اونچی کر کے روشنی میں اس کے آخری سرے سے دوا کی ایک بوند نکال کے دیکھا۔ اور پھر جولی کے بستر کی طرف بڑھا۔

اتنے میں جولی نے آنکھیں کھولیں۔

اس کا سارا چہرہ پٹیوں میں تھا۔ ماتھا بھی اور آنکھوں سے نیچے کا سارا چہرہ۔ صرف دونوں آنکھوں پر پٹی نہیں تھی۔ صاف بے داغ پپوٹوں پر لانبی لانبی پلکیں اور پلکوں کے اندر کسی پہاڑی چشمے کی طرح روشن آبی پتلیاں۔ میری طرف دیکھتی ہوئی۔ وہ آنکھیں مجھے پہچان نہیں رہی تھیں مگر میری طرف دیکھے جا رہی تھیں۔ وہ گہری بے مقصد بے مدعا آنکھیں، روشن نڈر، بے خوف صاف شفاف آنکھیں اور پلکوں کی صفیں ریشم کی طرح ملائم اور پپوٹوں کے سیپ ہلکے گلابی اور بالکل بے داغ۔ یہ دو آنکھیں صرف میری طرف بے جھجک دیکھ رہی تھیں۔ اور ان کی ٹھنڈی ملائم نرم روشنی کا معصوم لمس دھیرے دھیرے میرے دل کو ٹٹولنے لگا۔ ان آنکھوں نے کچھ کہا نہیں مجھ سے، کچھ پہچانا بھی نہیں۔ انھوں نے صرف میری طرف دیکھا۔ اور مجھے ایسا لگا جیسے میرے ہاتھ میں جو انجکشن کی سوئی ہے۔ وہ بالکل بے کار ہے۔ بے مقصد ہے۔ جولی کے اجاڑ بدن میں اس کے جسم کے ریگستان میں صرف یہی دو آنکھیں نخلستان کی طرح آباد تھیں۔ مگر اتنی ٹھنڈی آرام دہ اور پرسکون کہ میرے ہاتھ میں پکڑی ہوئی سوئی خود بخود نیچی ہو گئی، میں نے اسے پھر سے ڈبیا میں بند کر کے جیب میں رکھ لیا۔

جولی نے دھیرے سے اپنی آنکھیں بند کر لیں۔!

میں اس کے بستر سے واپس آکر کرسی پر بیٹھ گیا۔ اتنے میں ایلز بیتھ آگئی۔!

کنول نے تاریک کمرے میں ادھر اُدھر دیکھا۔ جولی کا ہات اس کے ہات میں تھا پتلی باریک ملائم انگلیاں۔ جن کی ایک ایک پور اس نے پھر سے خود بنائی تھی۔ کلائی کے قریب ایک چھوٹا سا گڈھا تھا۔ اُس نے اُسے ناخن کی سطح سے چھو کر دیکھا۔ پورے گڈھے کا نقشہ،

یہ گڑھا بھرا نہیں تھا۔ کبھی کبھی وہ اپنی چٹکیاں سے اس گڑھے کو سہلا کر جولی کے بدن میں گدگدی کر دیتا تھا۔ یہ گدگدی ایک میٹھی یاد تھی جو اب کسی طرح میٹھی نہیں رہی تھی۔ اس نے محسوس کیا کہ اسے ڈرنک چاہیئے۔ وہ بے آواز قدموں سے سوتی ہوئی جولی کے بستر سے اٹھ کر آہستہ آہستہ کمرہ کے بغیر جائے کیبنٹ کی طرف گیا اور بے آواز چابکدستی سے اس نے ایک ڈرنک بنا کر گلاس میں رکھ دیا۔ اور پھر جولی کے بستر پر آن بیٹھا۔ اور دھیرے دھیرے چسکی لے کر سوچنے لگا۔ اور اسے وہ دن یاد آگیا جب اس نے پروفیسر انگرسول سے کہہ سُن کر جولی کے کیس کی نگرانی اپنے ذمے لے لی تھی۔!

"ینگ مین۔ میں نے سُنا ہے۔ جولی کی بدقسمتی کے ذمہ دار تم ہو، ہنری کی اس پارٹی میں....!"

"گویا آپ وہ سب قصّہ سُن چکے ہیں....؟" میں نے کہا۔

"ہاں۔ اور اسی دن سے جولی کی بدقسمتی شروع ہوتی ہے۔ اگر تم اس کی کمر میں بلت ڈال کے اس کے ساتھ ناچنے پر اصرار نہ کرتے۔ تو نہ اس کے خاوندوں کو پتہ چلتا۔ نہ یہ سب جھگڑا ہوتا۔ نہ وہ اسے نوٹس دیتے۔ نہ جولی کو چھپنا پڑتا۔ نہ وہ اس احمق ہیری کے جال میں پھنستی نہ یہ حادثہ ہوتا!"

پروفیسر انگرسول بہت سنجیدگی سے بول رہا تھا۔ مگر اس کی آنکھیں کہے دیتی تھیں کہ وہ سنجیدہ نہیں ہے!۔

میں نے کہا۔ "اگر وہ کرائسٹ کو سولی پر چڑھانے کے بجائے پتھر باندھ کر سمندر میں ڈبو دیتے۔ تو کراس کہاں ہوتا۔ عیسائیت ایک ایسی موثر علامت سے محروم ہو جاتی۔ جس نے اس کی ترویج و اشاعت میں اتنا بڑا حصّہ لیا ہے۔ پھر کیا اس کراس کے لئے ہمیں رومن سپاہیوں کا شکرگزار ہونا پڑے گا۔ پروفیسر انگرسول، اتفاقات ہر آدمی کی زندگی میں آتے ہیں تو تمہیں کی زندگی میں بھی آتے ہیں۔ ہر سڑک دو طرف کو جاتی ہے۔ اگر ہیری کی موٹر کسی دوسری طرف کو جاتی۔ آپ ایسا کیوں نہیں سوچتے پروفیسر....؟

۴۱

"جولی کی زندگی خطرے سے باہر تو اب ہو چکی ہے۔" پروفیسر انگرسول نے میرے سوال کا جواب نہ دیتے ہوئے کہا۔ "مگر آگے کیا ہوگا۔ اس کے متعلق ہر ڈاکٹر شبہ میں ہے۔ کوئی ذمہ داری لینے کو تیار نہیں ہے۔ شاید تمہیں معلوم نہیں ہے کہ یہ ایک بہت دلچسپ کیس ہے۔ بالعموم ایسی حالت تک پہنچ جانے کے بعد ہزاروں بلکہ لاکھوں میں کوئی ایک فرد بچ سکتا ہے۔ یہ جولی کی بدقسمتی ہے کہ وہ بچ گئی ہے۔ مگر آگے کوئی ذمہ داری کیا لے گا۔ میں نے بہت بڑے بڑے ماہرین کی رائے لے لی ہے۔ بہت سے، تقریباً سبھی اس بات پر متفق الرائے ہیں کہ جولی کو پھر سے کارآمد انسان نہیں بنایا جا سکتا۔ زیادہ سے زیادہ وہ ایک Living Jelly بن کر زندہ رہ سکے گی۔ اپنے لئے اور دوسروں کے لئے مصیبت اور لعنت کا ایک طوق ...

پھر تم اس کے کیس میں اس قدر دلچسپی کیوں لے رہے ہو جبکہ بڑے بڑے ماہرین.....!"

"اسی لئے تو" میں نے انگرسول سے کہا۔ "میرے لئے جولی کا کیس اور بھی زیادہ دلچسپی رکھتا ہے۔ نفسیاتی اعتبار سے بھی اور جسمانی اعتبار سے بھی یہ پلاسٹک سرجری میں ایک بہت بڑا تجربہ ہوگا۔ میں ضرور اس کیس کو اپنے ہاتھ میں لینا چاہوں گا ــــ مگر مکمل طور پر......!

"مجھے قطعاً کوئی اعتراض نہیں ہے۔ مگر میں تمہیں جتا دینا چاہتا ہوں۔ تم جو کچھ سوچ رہے ہو۔ وہ بالکل ناممکن ہے۔ کیا جولی کے بدن میں اتنی صلاحیت ہے کہ وہ اتنے آپریشنوں سے گزر سکے۔ کیا اس کا دل اتنا مضبوط ہے۔ کیا اس کی نفسیات میں اس قدر قوت آسکے گی۔ کیا گوشت بھی موم ہو سکتا ہے۔ اب تک ہم نے جتنے تجربے کئے ہیں۔ وہ لگ بھگ موچیوں کے پیشے سے مشابہت رکھتے تھے۔ تم ایک پورے جسم کو پھر سے بنانے کا دعویٰ کرتے ہو It is tall order my boy. میں تمہاری ہمت پست نہیں کرنا چاہتا۔ مگر مجھے تمہاری تجویز ایک رومانی تصویر کی پرچھائیں معلوم ہوتی ہے۔ کیا تم جولی سے محبت کرتے ہو؟"

"اس کے برخلاف۔ میں تو اسے ٹھیک کر کے اس سے انتقام لینا چاہتا ہوں!"

اس نے اپنی گھنی ابروؤں کے پیچھے سے مجھے تجسس بھری نگاہوں سے دیکھا۔ پھر وہ

بڑے چالاک انداز میں مُسکرایا۔ پھر میز پر رکھے ہوئے کانچ کے پیپر ویٹ کو اپنی انگلیوں میں رول کرتے ہوئے بولا۔ "جاؤ۔ کوشش کرو۔ جولی آج سے تمھارے چارج میں ہے۔ مگر میرا خیال ہے تم اپنی کوشش میں ناکام رہو گے۔!"

"کیوں ڈاکٹر—؟"

"کیوں کہ تم عورت کو نہیں جانتے۔!"

"میں جاننا بھی نہیں چاہتا۔ پروفیسر۔ مگر میں جولی کو اس کا جسم واپس دینا چاہتا ہوں، تقریباً اسی حالت میں۔ جس حالت میں وہ اس حادثے سے پہلے اس کے پاس تھا۔ چاہے اس کے لئے مجھے اپنی تنخواہ اپنی آمدنی کی آخری پینی بھی کیوں نہ خرچ کرنا پڑے۔ میں جولی کو اس کا جسم اس کا مکمل جسم۔ اس کا دماغ۔ اپنی تمام مکروہ حماقتوں کے ساتھ اسے لوٹانا چاہتا ہوں۔ اسی حالت میں جیسے وہ پہلے تھا۔ یہ میرا سب سے بڑا انتقام ہوگا!"

جیسے میری احمقانہ باتوں سے بہت محظوظ ہو کے مسکرا رہا ہو۔ پروفیسر انگرسول نے اپنی چمکتی آنکھیں مجھ پر گاڑ دیں۔ شوخی بھرے لہجے میں جو اس بڈھے انگریز کے لئے بالکل عجیب لگتا تھا۔ مجھ سے مخاطب ہوا۔

"کچھ شاعری سے دلچسپی ہے؟"

"جی—؟" میں اس غیر متوقع سوال پر بالکل حیرت میں رہ گیا۔

"جارج بارڈر کی نظمیں پڑھی ہیں؟"

کیا—؟"

I whirl wind catching up the sea.
And folding Islands in its shallows
give him to me give him to me.
And I will wrap him in my shallows!

اس لئے میں تمھیں جولی کے حوالے کرتا ہوں۔ تم جا سکتے ہو!"

۴۳

رچرڈ اسنوکرافٹ اور تھامس میک فارلین سے دستخط لینا کوئی مشکل کام نہ رہا۔ کیوں کہ جولی کا بچ جانا اخباروں میں ایک طبی معجزہ سمجھا جانے لگا تھا۔ یہ خبر بھی اخباروں میں پھیل چکی تھی کہ سینٹ جارجز کے ماہرین جولی کو ایک نیا جسم دینے کی کوشش کر رہے ہیں۔ جولی کی موجودہ حالت کے بارے میں بھی کئی خبریں چھپی تھیں۔ اسے بالعموم Space Jelly کے نام سے یاد کیا جاتا تھا۔ خلائی پروازوں۔ سائنس فکشن اور دوسرے ستاروں میں ذہین زندگی کی دریافت کے بارے میں جو مضامین اکثر شائع ہوتے رہتے تھے۔ یہ نام انہی سنسنی خیز مضامین کا نتیجہ معلوم ہوتا تھا۔ جولی پر Space Jelly کا نام چپک گیا تھا۔ اس لئے کنول کے لئے جولی کے پہلے دو خاوندوں سے دستخط لینا مشکل نہ رہا۔ کیوں کہ ان دونوں میں سے کوئی بھی جولی کی طویل علالت، اس کے درجنوں ہونے والے آپریشنوں اور دیکھ بھال کے دیگر مصارف سے عہدہ برآ ہونے کے لئے تیار نہ تھا۔ کنول نے ان دونوں کے سامنے بہت آسان حل رکھ دیا تھا۔ ایک سادے کاغذ پر اس نے دو فقرے ٹائپ کرا لئے تھے۔

"جولی پر میرا کسی طرح کا کوئی کلیم یا حق نہیں ہے۔ ماضی میں جو کچھ ہوا ہے اس کے لئے میں کوئی قانونی چارہ جوئی نہیں کروں گا۔!"

یہ چِٹ لے کر سب سے پہلے میں باکسر کے پاس گیا۔ اسنو کرافٹ امریکہ سے ہار کر واپس آچکا تھا۔ وہ بہت ہی سلجھے ہوئے سنجیدہ موڈ میں مجھے ملا۔ "اوہ۔ وہ Space Jelly" اس نے اخباروں کا پٹا پٹایا خطاب دہرایا۔ اور کاغذ پر بلا چون وچرا دستخط کر دیئے۔ اور پھر بڑے زور سے مجھ سے ہات ملایا۔ جیسے اس نے ہمیشہ ہمیشہ کے لئے جولی سے ہاتھ اُٹھالیا ہو۔!

میک فارلین نے بھی زیادہ وقت نہیں لیا۔ البتہ اس نے ایک سوال مجھ سے ضرور کیا۔

"تمھیں جولی میں کیا دلچسپی ہے۔۔۔؟"

"محض طبی۔۔!"

"اوہ ..... یا کہ ..... یہ بات ہے .... کہ تم یوگا کا کوئی کوئی نسخہ اس پر آزمانے والے ہو۔ میں نے سُنا ہے۔ ہندوستان میں کئی ایک ایسی پُراسرار دوائیں بنائی جاتی ہیں۔ جس سے پورے جسم کی کایا کلپ ہو سکتی ہے۔ کیا تمھارے پاس ایسی کوئی دوا ہے؟"

"اگر ایسی کوئی دوا۔ ہے تو مجھے معلوم نہیں ہے۔ میں تو محض پلاسٹک سرجری جانتا ہوں۔ اور اسی کے جانے پہچانے طریقے اپناؤں گا۔ آپ کو کوئی اعتراض ہے اس کاغذ پر دستخط کرنے سے؟ مجھے معلوم ہے قانون کی نظر میں اس کاغذ کے پُرزے کی کوئی اہمیت نہیں ہے۔ مگر نفسیاتی طور پر مجھے اپنے علاج میں بہت مدد ملے گی۔ جولی ..... ایک کلین سلیٹ ہے .... نئی زندگی .... وہ لڑ سکے گی۔ میرا خیال آپ سمجھ گئے ہوں گے۔!"

"Perfectly my boy Perfectly !" ... میک فارلین نے دستخط کر دیئے!۔

۴۵

میں نے اٹھتے اٹھتے اس سے پوچھا۔ "تمھیں معلوم ہے۔ جولی کا تیسرا شوہر کہاں ہے؟ جیمس کلفٹ۔ ناول نگار؟ ــــ میں نے اس کے فلیٹ پر ٹیلیفون کیا۔ تو کسی نے جواب نہیں دیا۔ شاید اسرائیل جانے والا تھا..... !"

"اسرائیل سے واپس آگیا۔ لیکن لندن واپس نہیں آیا۔ اولیدو میں آرام کر رہا ہے!"

"اولیدو کہاں ہے؟"

"اسپین میں ــــ!"

"ملاگا کے پاس۔ ایک چھوٹی سی بندرگاہ ہے۔ ماہی گیروں کا ایک چھوٹا سا قصبہ ہے۔ وہاں وہ آرام کر رہا ہے۔ جولی کے مقدمے کے سلسلے میں میری اس کی خط و کتابت رہی ہے۔ گو ــ گذشتہ پندرہ بیس روز سے اس کا کوئی خط میرے پاس نہیں آیا ہے۔ جم ایک جہاں گرد سیلانی ہے۔ آج یہاں کل وہاں ــ اُسے پکڑنا بہت مشکل ہے۔!"

"میں کوشش کروں گا ــ!"

"Good luck!" کہہ کر اس نے مجھ سے ہاتھ ملایا.... اور اب مجھے اولیدو یاد آتا ہے۔ چند پہاڑی ٹیلوں پر آباد ایک غریب اسپینی قصبہ، قدموں میں میڈیٹیرین لہریں لیتا ہوا۔ ریت پر گدھے گھومتے ہوئے۔ اور ٹیلوں کی اوٹ میں جلی جھاڑیاں اور کہیں کہیں پر انجیر اور زیتون کے درخت۔ جم مجھے سب سے اُونچے ٹیلے پر کھڑے ایک پُرانے موری کھنڈر کی ٹوٹی ہوئی محراب کے نیچے مل گیا۔ اس نے اپنے سامنے ایک ماہی گیر کو بٹھا رکھا تھا۔ اور وہ اس کا پورٹریٹ بنا رہا تھا۔ اور وہ دونوں بیچ بیچ میں باتیں کرتے ہوئے قصبے کی کشید کی ہوئی گاڑھی شراب پیتے جاتے تھے۔ جو دیکھنے ہی میں اس قدر غلیظ معلوم ہوتی تھی کہ اسے پچانے کے لئے کسی گھوڑے کے معدے کی ضرورت تھی!

میں نے تصویر کی طرف دیکھ کر حیرانی سے پوچھا۔

"مگر تصویر تو تم ایک گدھے کی بنا رہے ہو ــ!"

یس .... مگر یہ ماہی گیر Inspiration کا کام کرتا ہے۔!"

"مگر گدھے اور ماہی گیر میں کیا مناسبت ہے یا مشابہت ہے۔؟

"اتنی مشابہت تو ہے، غور سے اس ماہی گیر کے چہرے کا مطالعہ کرو، اور پھر ایک گدھے کا چہرہ دھیان میں لاؤ۔ اور پھر دونوں کو ایک دوسرے میں گڈمڈ کر دو پھر اس ماہی گیر کے چہرے کی طرف دیکھو۔ تو تمھیں صاف اس میں کسی گدھے کے خد و خال ابھرتے ہوئے نظر آئیں گے۔ اسی عمل سے میں اسی ماہی گیر کو لے کر ایک اسپینی حسینہ۔ ایک چاقو یا بندر۔ حبشی یا چٹان کی تصویر کھینچ سکتا ہوں، یہ ایک کاسمک لا (Cosmic law) ہے کہ ہر ایک چیز کسی دوسری چیز سے نکلی ہے۔ اور اپنی ابتدا اور انتہا میں تمام چیزوں کا ماخذ ایک ہے۔ نو نو نو۔ میں خدا کی بات نہیں کرتا ہوں، محض سائنس کی۔ ویسے تمھارے اپنشد بھی یہی کہتے ہیں۔ مگر اس سمے میں مذہب کی بات بھی نہیں کرتا۔ محض سائنس کی۔ مگر ایک عجیب و غریب بات تم دیکھو گے اس قصبے کے گدھے اور قصبے کے ماہی گیروں میں کوئی زیادہ فرق نہیں ہے۔ دونوں اپنے قصبے سے دور نہیں دیکھ سکتے۔ دونوں ساحل کے نزدیک اپنا کام کرتے ہیں دونوں سر جھکا کر ایک ہی ڈھرّے پر صدیوں سے ہزاروں سال سے ایک ہی طرح کا کام کرتے چلے آئے ہیں۔ تو پھر بتاؤ۔ چہروں کی مشابہت ہوگی کہ نہیں۔ میں اسی لئے ماڈرن زندگی کے حق میں ہوں۔ کہ اس نے ویرائٹی پیدا کی ہے۔ مشینوں کے باوجود ایک وسیع ویرائٹی۔ انسانوں کی شکلیں کبھی اتنی مختلف نہ تھیں جتنی وہ آج ہیں۔ مجھے سمجھ گئے نا کہ میں کیا کہتا ہوں؟"

"نہیں۔" میں نے کہا۔ "اور پھر یہ بھی نہیں سمجھا کہ۔ تم تو ایک ناول نگار ہو تم تصویریں بنا رہے ہو؟"

"ناول بھی تو تصویروں کا ایک البم ہوتا ہے۔ ایک چیز دوسرے سے جڑی ہوتی ہے۔ میں ساری دُنیا گھوما ہوں۔ کبھی کسی شے کو اکیلا نہیں دیکھا۔ کسی سے جڑا ہوا ہی پایا ہے۔

تمہیں معلوم ہے اس دُنیا کا سب سے بڑا پرابلم کیا ہے؟ کوئی اکیلا نہیں ہے۔ پرانی دنیا میں پھر بھی کوئی اکیلا مل جاتا تھا۔ آج کل کی پیچیدہ زندگی میں کہیں کوئی اکیلا نہیں ملتا۔ یہ شراب پیو۔ اس قصبے کی شراب اسپین کی بدترین شرابوں میں شمار ہوتی ہے۔ اسے صرف گدھے اور ماہی گیر ہی پی سکتے ہیں۔ اسے پینا دوزخ کی آگ کا مزا چکھنا ہے۔ اور چوں کہ ہم سب جہنم میں جانے والے ہیں۔ تمہارے سمیت ڈاکٹر۔ اس لئے ابھی سے اس شراب کی عادت کیوں نہ ڈال لیں۔ جہنم میں بھی ہمیں اکیلا نہیں رہنے دیا جائے گا۔ اور جنت میں فرشتے اسکول ماسٹروں کی طرح مسیح اور اس کے خدا کی برتری کا سبق پڑھایا کریں گے۔ پڑھو بچو..... پیو زراف۔!"

وہ ادھیڑ عمر کے اسپینی ماہی گیر کو زراف کہتا تھا۔ کیوں کہ اس کی گردن لمبی تھی۔ اور جسم پر کئی دھاریوں والا کپڑا تھا۔ اور اس کا چہرہ بھی دُبلا اور لمبوترہ تھا۔ جیمس کلفٹ کے ہاں دو بالکل مختلف اور بظاہر بالکل متضاد چیزوں کے درمیان گہری مشابہت دیکھ لینے کا عجیب و غریب ادراک پایا جاتا تھا۔ شاید اسی ادراک نے اسے ایک کامیاب ناول نگار بنا دیا تھا۔ میں نے اُسے خوش کرنے کے لئے دو تین گھونٹ جبراً زہر مار کئے۔ بڑی تیز اور تلخ شراب تھی بکری کی کھال کی سی بو اس میں سے آتی تھی۔ اور بعد میں زبان پر ایک کھارے قسم کے کیچڑ کا ذائقہ چھوڑتی تھی۔ مگر کیا کروں۔ اس کمبخت ناول نگار کو اس وقت خوش تو کرنا پڑے گا۔ جو اس وقت مجھے بولنے کا بالکل موقع ہی نہیں دے رہا تھا!

"کیا اسرائیل میں کسی ناول کا پلاٹ نہیں ملا؟

"بڑا چھوٹا سا ملک ہے۔ چاروں طرف مصیبتوں سے گھرا ہوا۔ جس اسرائیلی کو دیکھئے۔ ہونٹ بھینچے کام کر رہا ہے۔ ڈائنا میٹ کی پوٹ معلوم ہوتا ہے۔ ذرا سا سوئچ دبانے سے بھک سے اُڑ جائے گا۔ یو نو..... جس طرح سے میں اس قصبے کے ساحل کی ریت پر لیٹ کر آرام کر سکتا ہوں۔ سپنوں اور خوابوں میں کھو سکتا ہوں۔ ایسا تو ایک لمحہ بھی مجھے اسرائیل میں نہیں ملا I could not relax for a moment اور میں نے

سوچا کہ میں کیا لکھوں گا اسرائیل کے متعلق - یہ تو ایسا ہی ہے جیسے کوئی ابدیت کے بارے میں لکھے - ایسی ابدیت جو کسی غیر معمولی واقعے یا حادثے کے انتظار میں خلا میں معلق ہو۔

All Israell is waiting for something to happen. اور یہ یہودیوں کی بنیادی خصلت کے خلاف ہے - جناب - یہودی انتظار نہیں کرتا - وہ صرف عشق کرتا ہے۔ میں نے یہودیوں سے زیادہ رومانی قوم نہیں دیکھی - یہ پرانی جہاں گرد سیلانی قوم خوابناک آنکھیں لئے، سینے میں سارے زمانے کا درد لئے، دربدر گھومتی رہی ہے۔ اور اب ایک جگہ اکٹھی ہو رہی ہے۔ یہی اس قوم کا سب سے بڑا المیہ ہے کہ یہ اپنی ابتدا کو لوٹ رہی ہے - اور ایک جگہ جمع ہو رہی ہے یہ پوری انسانیت کی ٹریجڈی ہے - اور کاسمک رجحان کے خلاف ہے - کس کاسمک رجحان کے خلاف؟ تم مجھ سے پوچھو گے، اور میں تمھیں بتاؤں گا - کیوں کہ معلوم ہوتا ہے تم نے اپنے اُپنشد بھی نہیں پڑھے - اس لئے مجھے تمھیں بتانا پڑے گا - کہ کبھی یہ ساری دُنیا اور ساری کائنات ایک تھی - ایک مٹھی کی طرح بند تھی - پھر یہ بکھرنا شروع ہوئی - اور اب ہر ستارہ دوسرے ستارے سے اور ہر نظام شمسی دوسرے نظام شمسی سے اور ہر گیلیکسی دوسری گیلیکسی سے بھاگ رہی ہے - اور دن بدن یہ فاصلہ بڑھتا جا رہا ہے - ایسے میں یہودی قوم کی ترقی ہوئی تھی کہ یہ پھیل رہی تھی - بکھر رہی تھی - دوسری قوموں میں ایک خمیر کی طرح جذب ہو رہی تھی - اور اب اس نے کاسمک لا کو پلٹ دیا ہے اور پھر سے ایک مٹھی میں بند ہو رہی ہے - اس لئے گیلی کی وادی میں اب ایک ڈیوڈ تو پھر سے پیدا ہو سکتا ہے - مگر آئن سٹائن نہیں - آئن سٹائن کے لئے بہت کھلا آسمان چاہئے - اور تم سمجھ سکتے ہو کہ ــــ میں اسرائیل سے بھاگ کر کیوں اسپین میں آیا ہوں - کیوں کہ کسی زمانے میں اسپین کو بھی وہی سفر درپیش تھا جو آج اسرائیل کو ہے - اس مسجد کی ٹوٹی محراب کو دیکھتے ہو - یہ سات سو سالہ اسلامی فتوحات کی یادگار ہے - اسرائیل اور اسپین دونوں نے ایک طریقے سے اس مسئلے کو حل کیا ہے - عیسائی وحدت نے اسپین کے موری عناصر سے جنگ کی - اور مسلمانوں کو آئی بیرئین جزیرہ نما

سے بے دخل کر دیا۔ بالکل اسی طرح جس طرح اسرائیل نے فلسطینی مُسلمانوں کو ابھی نئی ریاست سے بے دخل کر دیا۔ اس میں وحدت تو مل جاتی ہے۔ مگر تنوع نہیں ملتا۔ سمٹنے میں تنگ نظری ہے۔ بکھرنے میں وسعت ہے۔ اور اس وقت کا سمک رجحان بھی یہی ہے۔ کہ وہی قومیں ترقی کریں گی جو بکھریں گی۔ تم سمجھ رہے ہو۔ یوروپ کو دیکھو۔ جب یہ اپنے یوروپی احساس سے نکل کر اور ساری دُنیا میں بکھرا۔ تو اس نے ترقی کی اسی طرح اسلام نے ترقی کی تھی ایک زمانے میں، سمٹنے میں ذرّے بھاری ہو جاتے ہیں۔ قدم جم جاتے ہیں۔ مگر تم ایک کیلے کے پیڑ کے نیچے دھیان میں مگن ہو کر ساری دُنیا سے معلق رہ سکتے ہو۔ دُنیا کی سب سے عجیب قوم ہندوستانی ہے۔ اس پر کسی حملے کا، کسی طاقت کا۔ کسی غلامی کا۔ کسی آزادی کا کوئی اثر نہیں ہوتا۔ سر جھکائے ایک ہی انداز میں چلی جا رہی ہے۔ مگر تم یہاں کیوں آئے ہو ــــ؟"

"بکھرنے کے لئے؟" میں نے اسے جواب دیا۔

"بکھرنے کے لئے۔؟" اس نے مجھ سے پُوچھا۔

"ہاں، تمھارے بیان کے مطابق اگر انسان بکھرنے سے ترقی کرتا ہے تو آج کل ہندوستانی سب سے زیادہ ترقی کر رہے ہیں، کیوں کہ ہندوستانی دُنیا کے ہر خطّے میں پائے جاتے ہیں، کوئی ملک ایسا نہیں ہے۔ جہاں ہمارا گھر نہ ہو۔ قیاس غالب ہے کہ بکھرنے کے میدان میں ہم یہودیوں کی جگہ لیں گے۔ ہم بھی اتنے پُرانے ہیں۔ اتنے ہی روایت پرست اتنے ہی قدامت پرست، اسی لئے ہمارا حشر بھی یہودیوں کا سا ہوگا۔ یا اسپین کا سا۔۔۔!

یہ ممکن نہیں ہے۔ کیوں کہ ہم نے کسی کو نکالا نہیں ہے۔ اور پھر ہمارا مُلک بہت بڑا ہے۔ ہم اس کی وحدت میں کثرت رکھتے ہیں۔ اور اپنے کلچر کی چار دیواری میں بہت سے تجربے کرتے رہتے ہیں۔ جو اسرائیل نے نہیں کئے، اسپین نے بھی نہیں کئے، پورے یورپ نے نہیں کئے، کاسمک لا کی بات کہتے ہوئے وہ قانون کیوں بھول جاتے ہو جو کائنات

ہیں رائج ہے۔ جب ایک شے کسی دوسرے میں مدغم ہو جاتی ہے۔ واقعات اور حالات کی کٹھائی میں آویزش اور آمیزش کا جو باہمی عمل چلتا رہتا ہے۔ اس میں یوروپ کی معیشت نے۔ وسط ایشیا کے مسلمانوں نے اور اصل یہود نے عالمی طور پر بکھرنے کے باوجود جس مدغمیت اور جذبیت سے چند مستثنیات کو چھوڑ کر ہمیشہ انکار کیا ہے
your way of life exclusive not inclusive. تم کامک ہونے کی بات کیسے کہہ سکتے ہو جب تم انفرادی سطح پر ایک معمولی ناتجربے کار لڑکی کو معاف نہیں کر سکتے۔ جو اپنی ازدواجی زندگی میں کھٹی نہیں تھی۔ ذرا بکھری تھی"۔!

"آہ۔ جولی۔!" جم نے ایک زور کا قہقہہ لگایا۔ "تم اس کی جانب سے آئے ہو؟"

"میں خود آیا ہوں، اپنی جانب سے۔ یہ دو سطریں لے کر ان پر دستخط کر دو۔ اسے میں نے کچھ نہیں بتایا ہے۔ ابھی وہ اس حالت میں بھی نہیں ہے کہ اسے کچھ بتایا جا سکے۔ لیکن اگر تم اس پر دستخط کر دو گے تو میرے لئے آسانی ہو جائے گی، ابھی اس کا ذہن۔ اس کا دماغ۔ اس کا بدن۔ اس کی پوری شخصیت ایک شکستہ ڈبل روٹی کی طرح ہے۔ ٹکڑے ٹکڑے۔ روئی کی طرح دھنکی ہوئی۔ مجھے اس روٹی کو پھر سے آٹے میں تبدیل کر کے اس سے پھر سے روٹی بنانا ہے۔!"

"تم اپنا وقت کیوں برباد کرتے ہو، جولی ایسی لڑکی نہیں ہے جس کے لئے کوئی اپنی قیمتی زندگی کا ایک لمحہ بھی برباد کرے۔ اس کے پاس ایک خوبصورت ترین جسم تھا، بس۔ جب وہ بھی چلا گیا۔ تو اس پر وقت صرف کرنا غلط ہے، کیوں کہ اس کے پاس اور کچھ تھا ہی نہیں۔ اب تو سنا ہے وہ محض ایک جیلی ہے۔ گوشت اور ہڈیوں کا ملغوبہ.....!"

اس کاغذ پر دستخط کر دو گے؟"

اس نے کاغذ پر وہ دونوں سطریں لاپرواہی کے عالم میں پڑھیں، پھر

51

برش اٹھا کر اس نے نیچے دستخط کر دیئے اور بولا۔

"اس قصبے میں صرف ایک ہی سرائے ہے اور اس میں ایک ہی اچھا کمرہ ہے آج رات تم میرے مہمان رہو گے۔!"

"شکریہ۔ مگر میں تو آج رات ہی واپس ملاگا جا رہا ہوں، میں ملاگا سے ایک موٹر لانچ لایا تھا۔!"

۵۲

جب سے جولی ہوش میں آئی تھی اس نے مجھ سے بات نہیں کی تھی، وہ جہاں تک ہو سکے کسی سے بات نہیں کرتی تھی۔ اب اس کے چہرے سے پٹی اُتر چکی تھی۔ صرف بازو اور دھڑ پٹیوں میں بندھے تھے۔ اس کا بدصورت چہرہ اسے دکھا دیا گیا تھا۔ اس چہرے کو دیکھ کر اس نے کوئی چیخ نہیں ماری تھی۔ صرف زور سے اپنے لب بھینچ لئے تھے، اتنے زور سے جیسے وہ اپنے ہونٹوں کا سارا لہو پی جائے گی۔ اس کی کنپٹیوں کی رگیں اُبھر آئی تھیں اور سارا چہرہ نیلا پڑ گیا تھا۔ پھر دھیرے سے اس نے اپنی آنکھیں بند کر لی تھیں اور نرس ایلز بیبتھ سے التجا کی۔ "مجھے ختم کر دو۔!"

پھر جب اس کے مُنہ سے رقیق غذا پہنچانے کی نلکی نکال لی گئی۔ تو اس نے کھانا کھانے سے انکار کر دیا۔ کسی کے سمجھانے بجھانے پر راضی نہ ہوئی، اب تک میں نے اپنے آپ کو پس منظر میں رکھا تھا۔ جان بوجھ کر۔ کیوں کہ وہ میری صورت ہی سے نفرت کرتی تھی اور میں اس کے ذہن پر مزید بار نہیں ڈالنا چاہتا تھا۔ اس لئے میں نے نرسوں کو منع کر دیا۔ کہ اگر وہ کھانا نہیں کھانا چاہتی۔ تو اسے کھانا نہ دیا جائے میں اس بات

کی امید میں تھا کہ جب اس کا جسم شدت سے غذا مانگے گا تو وہ خود ہی کھانا مانگے گی مگر جب پورے دو دن اور دو رات اس نے کھانا نہیں کھایا۔ تو میں نے اس سے فیصلہ کن بات کر لینے کا ارادہ کر لیا۔ میں کب تک پس منظر میں چھپا رہ سکتا تھا۔ یہ بات تو مجھے اس سے کرنا ہی تھی اور اگر میں جولی کا تعاون حاصل نہ کر سکا تو میں اپنے ارادوں میں کامیاب بھی نہ ہو سکتا تھا۔ بات ہوگی اور بہت صاف صاف بغیر کسی لگی لپٹی کے۔

دوسری رات کھانے سے انکار کے بعد کوئی دس بجے کے قریب مختلف پلنگوں کے چکر لگاتا ہوا مریضوں کا معائنہ کرتا ہوا میں اس کے کمرے میں پہنچا اور کرسی کھینچ کر اس کے پلنگ کے قریب بیٹھ گیا۔ ڈیوٹی دینے والی نرس جائس کو باہر بھیج دیا۔

"ہلو بدصورت۔۔۔!" میں نے اسے مخاطب کیا۔

جولی نے منہ پھیر لیا۔

"میں تم سے کچھ باتیں کرنا چاہتی ہوں!"

جولی منہ پھیرے چُپ رہی۔۔۔

"مگر بات کرنے سے پہلے میں چاہتا ہوں کہ تم ان تین کاغذوں پر ایک نگاہ ڈال لو۔۔!"

اس کی گردن میری طرف گھومی میں نے تینوں تحریریں اسے دکھا دیں۔ اس کے پہلے تینوں خاوندوں کی....

"مجھے خاصی پریشانی اُٹھانا پڑی ہے۔ ان تینوں تحریروں کو حاصل کرنے میں۔ کلفٹ کی تلاش میں مجھے اسپین تک جانا پڑا۔ خیر وہ سب کچھ ہوگیا۔ اب تم آزاد ہو۔ تم پھر سے نئی زندگی شروع کر سکتی ہو۔۔!"

"ایک اسپنج کی طرح؟" اس کے ہونٹوں پر ایک بیزار کن تبسم آیا۔

وہ ہونٹ جواب تک بھنے ہوئے کدو کے ٹکڑوں سے مشابہ تھے۔ پچکے ہوئے ناک کے بانسے میں ابھی تک ایلومینیم کی دو نلکیاں لگی تھیں جو نتھنوں کا کام دیتی تھیں!

"اگر تم میرے ساتھ تعاون کروگی۔ تو شاید میں تمھیں پھر سے ایک نیا جسم دینے میں کامیاب ہو جاؤں۔ پہلے کی طرح خوبصورت جسم تو نہ ہوگا تمھارا مگر ایک کارآمد جسم۔ ہات پاؤں۔ ناک کان، گردن۔ دھڑ والا جسم۔ ایک عورت کا جسم۔ جسے دیکھ کر کسی کو گھن نہیں آئے گی۔ جسے دیکھ کر بچے ڈریں گے نہیں۔ تمھارا اپنا جسم، کسی میگزین کی ماڈل گرل کا جسم نہیں، مگر ایسا جسم جیسا ہزاروں لاکھوں اُن عورتوں کا ہوتا ہے۔ جو شریف گھروں کی مائیں ہوتی ہیں۔ جن سے ان کا خاوند اور بچے پیار کرتے ہیں۔ ایک اوسط درجے کا جسم۔ چند کوتاہیوں اور خامیوں کے باوجود جن کے لئے میں پہلے سے معافی مانگ لیتا ہوں —— کیوں کہ سائنس نے ابھی اس درجہ ترقی نہیں کی، کہ وہ انسانی اعضا کو جوں کا توں بنا دے۔ مگر میری نظر میں چند نئے تجربے ہیں جنھیں میں تم پر آزمانا چاہتا ہوں، ہڈی اور گوشت رگوں اور نسوں کے نئے گرافٹ جواب تک کسی انسانی جسم پر نہیں آزمائے گئے۔ وہ میں سب تم پر آزماؤں گا اور تمھارا کیا جائے گا؟ سوچو —— جس بگڑی ہوئی حالت میں تم اب ہو۔ اس سے ابتر حالت کا تصور ممکن نہیں۔ تو پھر مجھ سے تعاون ہی کیوں نہ کر لو۔ ویسے میں تم کو یہ بات بتا دوں کہ اگر تم مجھ سے تعاون نہیں کروگی۔ تو بھی میں اپنی سی کر گزاروں گا۔ میں تو اپنے تجربے کرنے والا ہی ہوں۔ اور اسپتال کے ہیڈ نے مجھے اس کی اجازت بھی دے دی ہے۔ مگر مریض اگر تعاون کرے تو ڈاکٹر اور مریض کے باہمی ذہنی اور نفسیات تعاون سے علاج بہت آسان ہوسکتا ہے!۔

تعاون کرنے کی پہلی شرط یہ ہے کہ آج تم کھانا کھالو۔ روز کھانا کھایا کرو۔ خودکشی کرنا کیا مشکل ہے۔ کسی روز، کسی دن بھی خودکشی کی جاسکتی ہے۔ چوبیس گھنٹے تو کسی

۵۵

فرد اور عورت پر نگرانی نہیں رکھی جا سکتی ۔ اس دُنیا میں ایک ہی تو بات ہے جس پر اپنا پورا اختیار ہے ۔ خودکشی ۔ کیوں نہ اس کے لئے چند ماہ ٹھہر جاؤ ۔ چھ ماہ میں کچھ زیادہ کام تو نہیں ہو سکتا ۔ نمونے کے طور پر میں تمہاری ایک ٹانگ درست کرکے دکھا دوں گا ۔ تم اس ٹانگ کو دیکھ کر فیصلہ کر سکتی ہو کہ تم مجھ پر اعتبار کر سکتی ہو کہ نہیں ؟ ــــــ خودکشی کروگی کہ زندہ رہنے کی کوشش کروگی ؟ ـ مجھے صرف چھ ماہ چاہئیں ۔ صرف چھ ماہ کا تعاون .... بس ! "

اتنا کہہ کر میں کمرے سے باہر چلا گیا ۔ اور نرس کو کھانے کا آرڈر دے گیا ۔!

جولی نے اس رات کھانا نہیں کھایا لیکن دوسرے دن ناشتے پر اس نے کسی قسم کی مزاحمت نہیں کی ۔ ناشتہ کر لیا اس نے ۔ اور نرس نے خوشی خوشی اس کی اطلاع مجھے دیدی ۔ اصل اب میرا کام شروع ہوا ۔ !

شروع شروع میں ہر شخص میرے کام کو بے یقینی سے دیکھتا تھا سب سے زیادہ بے اعتمادی جولی کو تھی ۔ اور یہ ایک لازمی امر تھا ۔ مگر دوسرے ڈاکٹر اور میرے اپنے شعبے میں کام کرنے والے ڈاکٹر درپردہ میرا مذاق اڑاتے تھے ۔ اور یہ مذاق کچھ زیادہ بے جا بھی نہ تھا ۔ کیونکہ جولی کے جسم کو گوشت پوست ہڈیاں ۔ رگیں نسیں ۔ اتنے فاضل سامان کی ضرورت تھی جو سب کا سب اس کا جسم مہیا نہیں کر سکتا تھا ۔ فارن گرافٹ کے بغیر جولی کا جسم کسی طرح مکمل نہیں کیا جا سکتا تھا ۔ اور فارن گرافٹ کے متعلق اپنی کم علمی صرف اتنی تھی کہ چند ہفتے یا چند مہینے دو یا تین مہینے سے زیادہ کوئی فارن گرافٹ انسانی جسم میں نہیں چلتا ۔ دوسرے کے جسم سے لیا گیا گردہ یا گوشت کا کوئی حصہ ـــــ اعصابی نظام فٹ نہیں ہوتا ۔ چند ہفتوں کے بعد جسم اسے مسترد کر دیتا ہے ۔ اسی لئے تو کسی ڈاکٹر نے جولی کو ٹھیک کرنے کی حامی نہیں بھری تھی ! ۔

طالب علمی کے زمانے میں فارن گرافٹ میرا اہم موضوع رہا ہے ۔ اب بھی میں لگاتار

اپنی فرصت کے اوقات میں اس پر ریسرچ کرتا رہا ہوں۔ مختلف سمتوں سے آئے ہوئے کئی نئے خیال میرے دماغ میں بے چین تھے۔ ان میں سے ایک خیال یہ بھی تھا کہ جب بچہ نو ماہ تک ماں کی کوکھ میں رہ سکتا ہے۔ آخر بچہ بھی تو ایک طرح کا فارن گرافٹ ہوتا ہے۔ اور ماں کا جسم اسے قبول کر لیتا ہے۔ اور اپنی کوکھ میں اسے مکمل کرتا ہے۔ تو دوسرے فارن گرافٹ کو بھی انسانی جسم کو قبول کرنا چاہئے کم سے کم نو ماہ تک .... خیر مجھے اب ایک زندہ لیباریٹری مل گئی تھی۔ اپنے تجربوں کے لئے....!

چھ ماہ کے عرصے میں میں نے جولی کی دائیں ٹانگ پر بے شمار چھوٹے بڑے آپریشن کئے۔ ٹوٹی ہڈیوں کو جوڑا۔ نئی ہڈیاں ڈالیں نئے گوشت کے پیوند لگائے نئی رگوں اور نسوں کے جال باندھے۔ چاروں انگلیوں کو پھر سے ٹھیک طرح سے باندھا۔ صرف انگوٹھا کسی طرح بچ گیا تھا۔ باقی چاروں انگلیوں کا مغلوبہ سا بن گیا تھا۔ ہر ایک انگلی کی پھر سے شکل بنائی۔ ران اور پنڈلی کے زخم بھر کر اس پر پھر سے پوسٹ گرافٹ کیا۔ ٹخنوں کی گولائیاں درست کیں۔ پلاسٹک سرجن کا کام بھی موچی کا ہوتا ہے۔ کبھی جرّاح کا۔ کبھی فنکار۔ کبھی صنم گر کا۔ یہ ٹانگ جس کی ہڈیاں شکستہ تھیں جس کا گوشت کہیں سے پچکا کہیں سے پھولا ہوا تھا۔ کہیں سے غائب تھا۔ ایسی بے ہنگم بدصورت ٹانگ تھی کہ دیکھ کے گھن آتی تھی۔ اسے پھر سے شکل دینے کے لئے میں نے Tate gallery میں جا کر پھر سے پتھر کے خوبصورت مجسموں کی حسین ٹانگوں کے چربے اُتارے۔ میں دن رات اس ایک ٹانگ پر دنیا ومافیہا سے بے خبر ہو کر کام کرنے لگا۔ سرجری کے اوزار میرے لئے ایک بت تراش کے اوزار تھے۔ جس ٹانگ کا خاکہ میرے ذہن میں تھا۔ وہ تو اب جولی کی اپنی اصلی ٹانگ سے بھی حسین اور سڈول تھی۔ مگر مجھے ہر طرح کی تفصیلات کا خیال رکھنا پڑتا ہے۔ کوئی تفصیل حقیر سے حقیر بھی میرے لئے زبردست اہمیت رکھتی تھی۔ ان دنوں دُنیا

بھر کے مشہور پلاسٹک سرجنوں سے میری خط وکتابت رہی تھی۔ اپنے ساتھیوں سے گرم بحثیں رہتی تھیں۔ میں جولی کے باقی جسم پر شاید ایک نگاہ بھی نہیں ڈالتا تھا۔ جیسے جولی کا سارا جسم اسی ایک ٹانگ پر مشتمل تھا۔! نہ دن کا مجھے ہوش تھا۔ نہ رات کا وقت میرے لئے تھم گیا تھا۔ میرے تجربوں نے خود میرے دل میں ہیبت پیدا کردی تھی۔ مجھے خود نہیں معلوم تھا۔ چھ ماہ بعد کیا ہوگا۔ جب پٹیاں اُتریں گی۔ جب پلاسٹک نکلے گا۔ کیا شے باہر آئے گی؟ دل سوچ کر رک جاتا تھا۔!

چھ ماہ بعد جس صبح پٹی کھلنے والی تھی۔ اس رات میں سو نہیں سکا۔ وہ ساری رات میں نے جولی کے کمرے میں ایک کرسی پر بیٹھے بیٹھے کاٹ دی۔ جولی اور میرے درمیان اب تھوڑی تھوڑی بات چیت ہونے لگی تھی۔ مگر زیادہ تر پروفیشنل انداز کی۔ جیسی ڈاکٹر اور مریض کے درمیان ہوا کرتی ہے۔ آج وہ بالخصوص بہت خاموش تھی۔ غالباً اس کا دل بھی اسی شدت سے دھڑک رہا ہوگا جیسا میرا۔

"ڈاکٹر۔" اس نے چھت کی طرف دیکھتے ہوئے کہا۔ "اگر تمھارا تجربہ ناکام رہا!"

"تو شاید میں خودکشی کرلوں۔!"

وہ میرا جواب سن کر حیران ہوگئی۔ پھر آہستہ سے بولی۔

"کیا تمھیں مجھ پر اس قدر رحم آنے لگا ہے؟"

"رحمدلی نہیں جولی، ڈیوٹی محض ڈیوٹی اور کچھ نہیں صرف ڈیوٹی....!"

جولی نے پوچھا۔ "یہ کس طرح ڈیوٹی ہے۔ ڈیوٹی تو دوسرے ڈاکٹر بھی بجا لاتے ہیں۔ مگر تم گذشتہ چھ مہینوں سے تقریباً ہر وقت اسپتال میں رہے ہو۔ یا Laboratory میں۔ نرسیں مجھے بتاتی ہیں۔ ان چھ مہینوں میں تمھیں کسی نے کسی لڑکی کے ساتھ سینما تک جاتے ہوئے نہیں دیکھا۔!"

۵۸

"شاید مجھے تمہاری بدصورت ٹانگ سے عشق ہوگیا ہے!"

"نان سینس!"

"شاید مجھے تجربے کرنے کا شوق ہے۔ تم گویا میرے لئے تجربے کرنے کی چوہیا ہو!"

جولیا نے اپنے بھدے بھدے پھٹے پھٹے ہونٹ دانتوں میں زور سے دبا لئے۔ اس کی آنکھوں میں آنسو آ گئے۔ وہ آہستہ سے بولی۔ "اوہ، تم اب تک مجھ سے کتنی نفرت کرتے ہو؟"

میں نے اسے کوئی جواب نہیں دیا۔ رات کے پڑھنے کے لئے جو کتاب لایا تھا۔ اسے کھولنے لگا۔!

"کون سی کتاب ہے؟"

"انگریزی شاعری ہے!"

"تمہیں شاعری سے بھی دلچسپی ہے!"

"ہاں۔ اور تمہیں.....!"

"میں جب عورت تھی۔ تو لوگ میرے متعلق شاعری کیا کرتے تھے۔ وہ کبھی کبھی میں سن لیا کرتی تھی....!"

"آج کل تو بدصورت چیزوں کے متعلق بہت شاعری ہوتی ہے۔ حسن۔ نیکی۔ نرمی۔ ہمدردی، ملائمیت۔ محبت کا لمس، آنکھ کا آنسو۔ یہ سب باتیں فیشن سے باہر ہیں۔ آج کل ہر جذبے کو پہلے سے نچوڑ کر خالی کر لیا جاتا ہے۔ پھر اسے پاؤں تلے اچھی طرح روندا جاتا ہے۔ جب وہ جگہ جگہ سے پھٹ جاتا ہے، اس پر کالے میلے چکیٹ دھبے پڑ جاتے ہیں۔ اس میں سے تنگ نظری، حماقت، کمینگی کی بیزار کن بو آنے لگتی ہے تو شاعر اسے اپنے ہاتھوں میں اٹھا کر اپنی ناک کے قریب لاتا ہے۔ اور

۵

دونوں آنکھیں بند کر کے اسے زور سے سونگھ کر کہتا ہے۔ "آہ!"

"مطلب؟"

مطلب یہ کہ تمھیں خوش ہونا چاہئے کہ تم بدصورت ہو۔ اب تمھاری تعریف کرنے والے کئی شاعر مل جائیں گے۔ اسی مجموعے میں بہت سے ایسے ہیں جنھیں ہیں خط لکھ دوں تو دوڑے دوڑے آئیں گے۔ اور کہیں گے ایک نظم In Praise of Jelly. بڑے خوش قسمت زمانے میں تمھارا یہ ایکسیڈنٹ ہوا ہے جولی اب تو ممکن ہے تمھیں کوئی پریمی مل جائے!"

جولی مُنہ پھیر کر روتی رہی۔ میں کتاب کے ورق الٹتا رہا۔ بیچ میں سو بھی گیا تھا۔ کرسی پر بیٹھا بیٹھا۔ پھر نہ جانے کب کتاب میری گود سے پھسل کر فرش پر گر پڑی۔ اور میں جاگ گیا۔ جولی اب سو رہی تھی۔ آنسو بھی اس کی پلکوں پر خشک ہو چکے تھے۔ اس کے سارے چہرے پر اب یہ آنکھیں بہت عجیب لگتی تھیں۔ پورا چہرہ اس قدر بھدا بھدا بھیانک اور داغدار تھا کہ اس پر آنکھیں بھی بدصورت اور بدہیبت معلوم ہوتی تھیں۔ بدصورتی کا بھی اپنا ایک حسن ہوتا ہے۔ اس بدصورت نقشے میں اگر کہیں ایک شے بھی خوبصورت نظر آجائے تو بدصورتی اپنا توازن کھو دیتی ہے۔ شاید یونانی بت گروں کی طرح مکمل توازن کا حامی ہوں۔ یا تو پھر کہیں کوئی داغ دھبہ نہ ہو۔ یا پھر داغ داغ دھبہ دھبہ دھواں دھواں..... اگر کل صبح میرا تجربہ ناکام رہا تو میں یہ آنکھیں بھی جولی سے چھین لوں گا۔ اچھی نہیں لگتی ہیں اس کے جانے پہچانے مانوس بدصورت چہرے پر۔ بلکہ چھوٹی۔ مسخ۔ بے پلکوں کی آنکھیں ہی اس چہرے کو زیب دیں گی۔

رات جاری ہے۔ ایسی ہی خاموش رات تھی وہ۔ کنول کو یاد آیا۔ وہ کھڑکی کھول کر اسپتال سے باہر دیکھنے لگا تھا۔ مگر لندن میں کچھ دیکھنے کو نہیں ملتا، کسی بڑے شہر میں نہیں ملتا۔ پائپ اور کھمبے۔ چمنیں۔ مربع اور مستطیلیں۔ ملگجی شکلیں اور مٹیالے

سائے۔ ٹھٹھرتی ہوئی بتیاں، ناگ اور سہاگ۔ ایسے میں روشنی کسی مجرم، چور یا خونی کی طرح اندر آتی ہے۔ پتھر کے فرش پر دھات بجتی ہے۔ فلیس کی زنجیروں سے کھنکتی ہے۔ دن چڑھ گیا۔ نہ شوالے کی گھنٹی۔ نہ مسجد کی اذان۔ نہ پرندوں کی چہکار۔ نہ کھیت نہ ٹیلے۔ نہ پہاڑ۔ ٹیمز کے گدلے پانی میں ایک دخانی کشتی کا بھونپو بج رہا ہے۔ یکایک وہ اپنے گھر جانے کے لئے بیتاب ہوگیا۔ اس کے گھر کے اندرون آنگن میں تلسی مہک رہی ہوگی، دیواروں پر لوکی کی بیلیں چڑھتی ہوں گی۔ اور اس کی ماں مٹکی میں متھانی ڈال کر دہی بلور رہی ہوگی۔ گھوں۔ گھوں۔ گھوں۔ مٹکی میں سے آواز آرہی ہے۔ جیسے کبوتر مست ہوکر خوشی سے ناچتے ہوں۔ غٹرغوں۔ غٹرغوں۔ ارے .... نہیں یہ تو ٹیمز میں بہتے ہوئے ایک چھوٹے سے اگن بوٹ کا بھونپو ہے .....!

وہ ایک لمبی سانس لے کر واپس کرسی پر آگیا۔ یکایک اس نے محسوس کیا کہ وہ بہت تھک گیا ہے۔ پھر نرس ایلزبتھ آگئی اور نرس جائسی اور ڈاکٹر ہنری کونک برن۔ اور پروفیسر انگرسول اور دوسرے کئی ڈاکٹر۔ وہ سب دیکھنے کے لئے آگئے تھے۔ اور سب کی نگاہیں جولی پر تھیں۔ اور کبھی کنول پر۔ اور کنول کا دل زور زور سے دھڑک رہا تھا۔ وہ کسی سے آنکھ ملانے کو تیار نہ تھا۔ ایسا سناٹا تھا جیسے صبح صبح گرجا کے پٹ کھلنے پر ہوتا ہے۔ کوئی بھی نہیں تھا۔ کمرے میں اسے ایسا لگا۔ کوئی بھی نہیں ہے۔ جولی کا بستر گرجے میں ہے۔ سامنے صلیب اور مسیح۔ پشت پر کیتھیڈرل کے رنگین کانچ اور دور دھیما دھیما بجتا ہوا پاکیزہ آرگن اور وہ پٹیاں اُتار رہا ہے۔ دھیرے دھیرے اور جولی سو رہی ہے۔ ایک ایک تہ کر کے پٹی اتر رہی ہے دھیرے دھیرے پلاسٹر جھڑنے لگتا ہے جیسے وہ ہزاروں سال سوئی ہوئی جولی کو برف کے نیچے سے دریافت کر رہا ہو۔ اے خُدا صبر۔ کرائسٹ ذرا دھیرج۔ شانت ہو جاؤ کنول .....!

دھیرے سے بہت دھیرے سے۔ جیسے کنول صبح کی پہلی امید کے سامنے

سجدہ کرنے جا رہا ہو۔ اس کے کانوں میں ایک انجانے اجنبی سنگیت کا شور بھر گیا۔ ایک لمحے کے لئے اس کی آنکھیں جھپک گئیں۔ وہ ٹانگ اس کے سامنے تھی۔ ایک لمحہ کے لئے صبح کے دھندلے دھندلے دھندلکوں میں اس سفید مرمریں ٹانگ کو دیکھا۔ سیپ میں ترشی ہوئی۔ سندر۔ سڈول۔ سچے موتیوں کا آبی رنگ لئے ہوئے۔ ایک لمحے کے لئے۔ پھر جیسے آنکھوں میں سب کچھ جھلملا کے رہ گیا۔ کوئی اس کا شانہ تھپتھپا رہا تھا۔ اس کا استاد پروفیسر انگرسول زور زور سے اس کا ہات پکڑ کے ہلا رہا تھا۔ کتنی ہی آوازیں تھی جو اس کے چاروں طرف پھیل رہی تھیں۔ یکایک اس کا سارا بدن سن ہو گیا۔ آنکھیں بند ہو گئیں۔ شانے ڈھلک گئے۔ اور وہ وہیں کرسی پر بیٹھا بیٹھا بیہوش ہو گیا....!

چھ ماہ کی رکی ہوئی نیند نے یکلخت غلبہ کیا تھا۔ وہ متواتر دو دن تک سوتا رہا۔ پروفیسر انگرسول نے کہا تھا۔ کوئی اسے پریشان نہ کرے۔ واقعی یہ ایک معجزہ تھا۔ ایسی لانبی صحت مند کہیں پر ایک چھینٹ نہیں۔ داغ دھبہ نہیں۔ حرکت کرتی ہوئی۔ گول گول ٹخنے۔ خوبصورت پاؤں۔ کنول کے پھول کے سے نازک اور شفاف۔ جیسے کسی پرانے یونانی صنم گر نے اسے اپنے ہات سے تراشا ہو۔ یا زہرہ کے مجسمے سے الگ کر کے جولی کے بدن سے لگا دیا ہو۔ ایک ایک کر کے سب ڈاکٹروں نے اسے مبارک باد دی تھی۔ ہیڈ نے اسے اپنے تجربوں کے لئے کھلی چھٹی دیدی تھی۔ اور اب اس کے لئے ایک معقول فنڈ بھی دیدیا تھا۔ اب اسے اپنی تنخواہ بھی خرچ نہیں کرنا پڑے گی۔ اور اکثر راتوں کو بھوکا نہیں رہنا پڑے گا۔ کنول کے اصرار پر اس معجزے کی خبر اخباروں میں نہیں دی گئی۔ وہ اپنا تجربہ مکمل تو کر لے......!

دو دن بعد جب وہ جولی سے ملنے گیا تو اس نے دیکھا کہ جولی کی آنکھوں کی خشک جھیلیں پانی سے لبریز ہیں۔ اور دو رویہ پلکوں کی قطاروں تلے کچھ شرمیلے جھجکتے سے سائے اس سے نظریں نہیں ملا رہے ہیں۔!

وہ جب جولی کے کمرے میں داخل ہوا۔ تو اس وقت نرس ایلزبیتھ جولی کی صحت مند

ٹانگ کے پاؤں کے ناخنوں میں گلابی رنگ لگا رہی تھی ۔جولی نے آنکھ اُٹھا کر بس ایک بار اس کی طرف دیکھا۔ پھر وہ اور بھی اپنی ٹانگ پر جھک گئی ۔ اور ٹپ ٹپ آنسو اس کی آنکھوں سے بہنے لگے ۔!

دو سال اور اس نے محنت کی ۔ ان تھک مشقت ۔ گہری اور سچی لگن والی محنت ۔ جولی کا جسم اس کے لیے جسم نہیں تھا۔ وہ ہائڈرو الکٹرک پراجکٹ تھا جو اس کے گاؤں میں بجلی لے کر آیا تھا۔ اس نے انجینئروں کو اس پراجکٹ پر کام کرتے ہوئے دیکھا تھا۔ یہ تھا کچھ اس طرح جیسے نہر کھودی جائے یا ہل چلایا جائے ۔ یا صبح اُٹھ کر مندر جایا جائے ۔ ہر کام عبادت چاہتا ہے ۔ کام عشق ہے ۔ ہاتھ پوجا کے لئے بنے ہیں ۔ جولی کا جسم ایک کیتھیڈرل ہے ۔ کوئی سکس نہیں ہے اس کے اندر ۔ اس کے لئے تو ایک سمفنی کی شروعات ہیں ۔ ایک سُر یہاں تو دوسرا وہاں ۔ ایک وائلن یہاں تو دوسرا اوبو وہاں ۔ ایک رگ یہاں تو دوسری نس وہاں ۔ ایک وسیع پیچیدہ نقشہ ۔ ندی، نالوں، جنگلوں، پہاڑوں اور وادیوں سے بھرا ہوا ۔ ایک جسم میں دس ارب خلیے ہوتے ہیں ۔ اور ہر خلیہ (Cell) پوری توجہ چاہتا ہے ۔ توجہ اور ربط باہم کیوں کہ ہر خلیہ دوسرے کا محتاج ہے اور دوسرا تیسرے کا ۔ دس ارب خلیے مل کر ایک انسان کی سمفنی بناتے ہیں ۔ ایک جسم بنانا ایک سمندر متھنے کے برابر ہے ۔ ان چھ مہینوں کے بعد پھر اُسے دو سال اور لگے ۔ جولی کے باقی جسم کے بنانے میں ۔ پہلے اس نے اس کی دوسری ٹانگ بنائی ۔ پھر اس کے دھڑ اور کمر کا حصہ ٹھیک کیا ۔ پھر دونوں بازو ایک ہی بار میں بنا دیئے ۔ جب دو سال گزر گئے تو جولی گردن کے خم سے لے کر پاؤں کی پور تک دوبارہ بن چکی تھی ۔ صرف چہرہ باقی تھا ۔!

" میرا جی چاہتا ہے کہ تمھارا چہرہ نہ بناؤں ۔ اسے ایسے ہی رہنے دوں ۔" ایک دن کنول نے جولی سے کہا ۔

اُن دونوں کے درمیان اب تک بہت کم باتیں ہوتی تھیں ۔ بات کرنے کی گنجائش

بھی نہیں رہی تھی۔ اگر جولی کا جسم کنول کے لئے ایک معبد تھا۔ تو کنول کے ہات جولی کے لئے پوجا کے پھول تھے وہ اس سے بہت کم بات کرتی تھی مگر اس کا جسم جولی کے ہاتھوں میں ایک وائلن کی طرح ہوتا تھا۔

اچھا ہے۔ مت بناؤ۔ میں مسلمان عورتوں کی طرح نقاب ڈال کے چلا کروں گی۔ اور کسی کیبرے میں نقاب پوش حسینہ کا لقب مستعار لے کر ناچا کروں گی۔!"

"ہو سکتا ہے میں کل مر جاؤں۔ اور تمھارا چہرہ اسی طرح بد صورت رہ جائے!"

"پھر لوگ مجھے تمھاری ادھوری ممنی کہیں گے۔!"

"اگر تمھارا جسم سنگِ مرمر کا ہوتا۔ تو میں سارا جسم تیار کر کے تمھارا چہرہ بے خدوخال چھوڑ دیتا۔ کسی آئندہ آنے والے سنگتراش کے حسنِ تصور کے لئے دیکھنے والے پاؤں سے گردن تک مسحور ہو کر اس جسم کے فتنہ پرور حسن کو دیکھتے جو فطرت پر ایک اضافہ ہے۔ اور سوچتے کہ اس سیم تن ساحرہ کی صورت کیا ہوگی اور حسن کی کیسی کیسی نادر شبیہیں۔ نازکی کے کیسے کیسے نادر نقش عالم خیال میں اُبھرتے۔ تمھارا خالی چہرہ ہر آنے والے سنگتراش کے لئے ایک Inspiration ہوتا۔ مگر افسوس کہ تمھارا جسم محض گوشت کا ہے۔ اتنی محنت اگر میں نے کسی پتھر پر صرف کی ہوتی ....!"

"تم یہی کیوں نہیں سمجھ لیتے، میں تمھاری روح کا پہلا پتھر ہوں!"

میں چونک گیا۔ میں نے غور سے جولی کی طرف دیکھا۔

"میں نے تو صرف تمھارا جسم بنایا ہے۔ روح نہیں۔ پھر تبدیلی کہاں سے آئی؟"

"جب تک میں بگڑی نہیں تھی۔ مجھے معلوم نہیں تھا۔ روح بھی کوئی چیز ہوتی ہے، ممکن ہے نہ بھی ہوتی ہو۔ اس بستر پر اس کمرے میں ڈیڑھ سال لیٹے لیٹے میں نے اگر کچھ تھوڑا سا سمجھا ہے تو صرف درد کو...... کبھی کبھی میں سوچتی ہوں۔ صرف درد ہی آتما ہے!"

"تم ہندو رشیوں کی سی باتیں کرنے لگی ہو۔ یہ بہت ہی بُری بات ہے۔ میرا

خیال ہے۔ میں تمھیں ایک خوبصورت چہرہ دے کر پھر سے تمھیں ایک شیخی خور مغرور لڑکی بنا دوں گا
مگر اس کا چہرہ بنانے میں میں نے پورا ایک سال لیا۔ ایک سال کے بعد خود آئینے میں اپنے آپ کو دیکھ کر اس کے منہ سے چیخ نکل گئی تھی۔ وہ اپنے آپ کو پہچان نہ سکی تھی! یہ بات نہیں کہ یہ اس کا چہرہ نہیں تھا۔ کوئی بھی ——— حادثے سے پہلے کے فوٹو سے اس کا چہرہ ملا سکتا تھا۔ میرے پاس اُس کے فوٹو کے سینکڑوں انلارجمنٹ تھے جن سے میں نے چہرہ بناتے وقت مدد لی تھی۔ بالکل وہی چہرہ تھا۔ لیکن باریک جزئیات میں کچھ فرق تھا۔ ناک کا بانسہ پہلے ستواں تھا۔ اور نتھنے زیادہ تنگ۔ اور متناسب۔ اور کان کی لویں کم لمبی اور ہونٹ پہلے سے زیادہ غنچہ دہن اور کریم وہائٹ جلد پہلے سے صاف شفاف۔ اب وہ تقریباً مکمل تھی۔ پہلے سے بہتر۔ صرف ایک خامی رہ گئی تھی۔ بائیں پاؤں میں ٹخنے کے قریب ایک نس میں نقص رہ گیا تھا۔ جو میں کسی طرح ٹھیک نہیں کر سکتا تھا۔ اس کی وجہ سے اس کی اس ٹانگ میں ایک خفیف سا لنگ باقی رہ گیا تھا۔ ورنہ وہ بالکل مکمل تھی!

"اس نس کو ٹھیک کرنے کے لئے مجھے تین چار سال تک مزید تجربے کرنے پڑیں گے!" میں نے جولی سے کہا۔ "مگر اس کے لئے نہ اب میرے پاس وقت ہے۔ نہ میں تمھیں اب اس بستر سے باندھے رکھنا چاہتا ہوں۔ میرا خیال ہے تم اب اپنی نارمل زندگی شروع کر سکتی ہو۔ میں بھی اب اپنے وطن جاؤں گا۔ تمھاری وجہ سے ٹھہر گیا تھا۔ ورنہ اب تک ملک دو برس پہلے چلا گیا ہوتا۔!"

"پھر میرے اس لنگ کا کیا ہوگا؟"

"It is the touch of the imperfect upon perfect."

میں نے اس سے کہا۔ یہ خفیف سا لنگ تمھارے حسن میں اضافہ کرے گا۔ تمھاری شہرت میں چار چاند لگا دے گا۔ لارڈ بائرن......!"

"نان سینس!"

۶۵

ہسپتال سے شفایاب ہوکر باہر جانے پر اس کے لئے پروفیسر انگرسول نے ایک پارٹی دی تھی۔ جس میں لندن کے معروف جرنلسٹوں کو بلایا گیا تھا۔ ٹائمز کے تھارپ، ایکسپریس کا ایڈ بانس اور ڈیلی میل کا شیفرز سبھی موجود تھے۔ دھڑا دھڑ بہت سی تصویریں کھینچی تھیں میری بھی اس کی بھی۔ ایک ہفتے تک اور کوئی موضوع ہی نہیں تھا۔ اخباروں میں نے مجھ سے میرے تجربوں کے سلسلے میں ایک مضمون بھی مانگا تھا۔ جولی کو پہلے سے زیادہ کانٹریکٹ اور آفر آئے تھے۔ امریکہ کی ایک بہت بڑی اشتہاری کمپنی نے اپنے ہاں گرانقدر معاوضے پر ماڈل گرل بننے کی پیش کش کی تھی۔ اس نے مجھ سے صلاح لی۔ "میں امریکہ چلی جاؤں؟" "ضرور چلی جاؤ۔ اس سے عمدہ آفر تمہیں مشکل سے ملے گا!" میری بات سن کر وہ زور سے ہنسی۔ بولی "تو کل آرلینڈو میں مجھے کھانا کھلاؤ۔ ممکن ہے میں پرسوں چلی ہی جاؤں۔!"

میں نے ہاں کر دی۔ وہ سنیچر کی رات تھی۔ بہت عمدہ خنکی والی۔ میں آرلینڈو کے دروازے کے باہر اس کا انتظار کر رہا تھا۔ وہ اپنی جیگر سے شاداں و فرماں اتری اتنے عرصے تک اتنے قریب سے اسے دیکھتا رہا کہ اب اسے ذرا دور سے دیکھنے سے معلوم ہوا کہ اس کا چہرہ دوبارہ بناتے وقت میں کس درجہ اطالوی مصوروں اور سنگتراشوں سے متاثر ہوا تھا۔ اس کا چہرہ ایک اطالوی میڈونا کا سا دکھائی دے رہا تھا اور اس گہرے سبز لباس میں وہ بہت خوبصورت معلوم ہو رہی تھی۔ میں نے جیگر کا پٹ کھلتے ہی اسے تھام لیا اور اپنے بازو کا سہارا دے کر اسے اپنے ساتھ لے آیا۔ آرلینڈو کے اطالوی منیجر نے جواب مجھے اچھی طرح سے پہچاننے لگا تھا۔ اوپر کی منزل پر ایک سونے سے اکیلے کارنر میں ہمیں جگہ دیدی جب ٹیبل پر موم بتی جلی تو مجھے لگا جیسے کوئی میڈونا کے سامنے موم بتی پیش کر رہا ہو۔ وہ میرے خیالات نہیں پڑھ سکتی تھی۔ بس اپنے آپ میں خوش اور مگن تھی۔ بالکل پہلے کی سی جولی، پہلے سے تھوڑی سی سنجیدہ مگر اسی طرح شوخ اور چنچل۔

منیجر خود آرڈر لینے آیا۔ میں نے وائن مینو دیکھ کر جولی سے پوچھا۔

"تمھیں تو کیانتی پسند ہے!"

"نہیں۔ میری پسند بدل گئی ہے۔ آج میں بارولو پیوں گی!"

"آہ بارولو" منیجر خوشی سے ہاتھ ملتے ہوئے بولا۔ "میڈم کا انتخاب بہت عمدہ رہا۔ وائن کے معاملے میں ایک حسین عورت ہمیشہ اپنے حسن ذوق کا ثبوت دیتی ہے۔ بارولو ہمارے پیڈمانٹ کی سب سے عمدہ وائن ہے۔ نیو انگور سے کشید کی جاتی ہے۔ الکوہل کی طاقت صرف بارہ سے چودہ ڈگری تک .... رنگت یاقوت کی طرح سرخ۔ ذائقے میں عمدہ سے عمدہ برگنڈی کو مات کرتی ہے۔ آہ کیا انتخاب کیا ہے بارولو..... اور آپ سینور۔؟"

"مجھے سوفیا لارین کے گاؤں کی شراب چاہیئے!"

"آہ۔ مارسالا۔!"

"گالی دیتے ہو۔؟"

"نہیں جناب۔ شراب کا نام بتا رہا ہوں۔ مارسالا سسلی کی بہترین شراب کا نام ہے۔ صوفیا لارین کے گاؤں کی شراب۔ صوفیا لارین کے حُسن میں جو آتش فشاں کیفیت پائی جاتی ہے وہی کیفیت مارسالا میں ہے۔ وائن کیا ہے جیسے پگھلا ہوا لاوا پی رہے ہوں۔ اس کے ساتھ ہمارا مسالہ دار اطالوی کھانا بہت چلے گا۔ ہاں اگر آپ کوئی ہلکا بے مسالے کا انگلش کھانے کا آرڈر دے رہے ہیں تو وائن بھی بدل دیجئے پھر میں تجویز کروں گا۔ کوئی ہلکی نازک سفید وائن جیسے بیانکو دل سنکے Biance della Cinque terre یہ ہمارے لگوریا ضلع کی وائن ہے۔ اونچی پہاڑی چٹانوں کی سطح مرتفع پر ان کے انگوروں کے باغ ہیں۔ اس وائن کی شوخی اور کوالٹی انگلش کھانے کی بدمزگی دور کر دے گی۔ ہاں اگر آپ اطالوی کھانا آرڈر کریں تو پھر مارسالا....!"

"دے سالا....." میں نے اس کی بات کاٹ کر کہا۔

"کیا کہہ رہے ہو۔؟" جولی نے مجھ سے پوچھا۔

"کچھ نہیں۔ آرڈر کر رہا ہوں۔!"

جب منیجر چلا گیا۔ تو میں نے جولی سے کہا۔ "یہ منیجر باتیں بہت کرتا ہے۔ ویسے یہاں کے کھانے کا جواب نہیں ہے!"

"نہیں۔" جولی بولی "کام کی باتیں کرتا ہے۔ میں نے دیکھا ہے۔ کھانے اور وائن کے سلسلے میں اس کا ذوق بہت شستہ ہے۔" پھر ذرا سا رک کر بولی۔ "میں کیسی لگتی ہوں۔؟"

میں اس سے بھی زیادہ رکا۔ پھر بولا۔ "مجھے کیا معلوم۔ تم بتاؤ۔ دوسرے کیا کہتے ہیں۔؟"

"کہتے ہیں۔ تم اب پہلے سے زیادہ حسین ہوگئی ہو!"

میں چپ رہا۔!

ویٹر جولی کے لئے بارولولایا۔ میرے لئے مارسالا۔ پہلا جام خاموشی میں گزرا۔ دوسرا بھی۔

"کچھ بات کرو۔" وہ بولی۔

"اچھا کرتا ہوں۔" میں نے کہا۔ دو گھونٹ پی کر پھر چپ رہا۔

"اونہہ۔؟" وہ کسی قدر بے چینی سے بولی۔

دو جام اور خاموشی میں گزرے!

"بڑے بور ہو"

"اس میں کیا شبہ ہے!"

"اگر تم نے نئی زندگی نہ دی ہوتی تو ابھی اُٹھ کے چلی جاتی!"

۶۸

"اب بھی جا سکتی ہو۔ ایک طرح سے جا ہی رہی ہو۔ امریکہ.....!"

"تم نے تو یہ بھی نہ پوچھا۔ امریکہ کب جا رہی ہو!"

"کب جا رہی ہو۔؟"

"کل۔!"

"بہت اچھا۔!"

دو جام پھر خاموشی سے گزرے۔ جولی نے سٹپٹا کے کہا۔" یہ بیہودہ شراب ہے!

"ممکن ہے وقت بیہودہ ہو۔ جگہ بیہودہ ہو۔ تمھارا ساتھی بیہودہ ہو اور تم میں یہ سب باتیں کہنے کی ہمت نہ ہو!"

"اگر تم مجھ سے اتنی ہی نفرت کرتے تھے۔ تو تم نے مجھے میرے حال پر کیوں نہ چھوڑ دیا۔ مجھے پھر سے زندگی کیوں دی....؟

میں نے جب تم پر کام شروع کیا تو واقعی تم سے نفرت کرتا تھا۔ میرا مدعا تم سے انتقام لینا تھا۔ تمھیں ٹھیک کر کے تمھیں پھر سے انسان بنا کے تمھیں اس گالی کا جواب دینا تھا۔ جو تم نے مجھے کلرڈ۔ نیٹو۔ اور ڈرٹی انڈین کہہ کر دی تھیں۔ مگر جوں جوں میں کام کرتا گیا۔ میں تمھارے جسم میں الجھتا گیا۔ وہ نفرت غائب ہوتی گئی۔ دھیرے دھیرے اس کی جگہ سمجھ آنے لگی۔ کیوں ایک عورت اپنے جسم پر فخر کرتی ہے۔ اس کی حفاظت کرتی ہے۔ اس کی عزت کرتی ہے۔ اس کے لئے مر سکتی ہے۔ عورت کا جسم ایک شاہکار ہے۔ یہ میں فنی اعتبار سے کہتا ہوں۔ ڈھائی سال اس کے پورے ڈھانچے پر کام کرنے کے بعد کہہ سکتا ہوں۔ کہہ سکتا ہوں ناں؟"

"مگر یہ تو تم نے بتایا ہی نہیں میں اب کیسی لگتی ہوں؟"

کنول نے اب مار سالا کی آدھی بوتل ختم کر دی تھی۔ اس نے ایک انگلی اٹھا کر جولی کی طرف دیکھ کر پوچھا۔" تم!" ـــــ پھر ایک لمبے وقفے کے بعد جس کے دوران میں

۶۹

وہ شریر نگاہوں سے جولی کو تاکتا رہا تھا۔ اور جس دوران میں وہ کچھ یاد کر رہا تھا۔
یکایک جیسے اسے کچھ یاد آگیا۔ اور اس نے کہا۔

تم!
ایک یادو
لڑکی ہو کہ بت ہو
ہر بہار تمہارا پیکر تراشے۔
بل کھاتی جھاگ تمہاری زلف کا خم
ایک لمحے کے لئے تیرا حسن دمکے
جیسے شبیہہ بادلوں کی یا لہر کی
اور گم
اب یاد کی چھلنی میں کچھ باقی نہیں ہے!

(جی۔ ایس۔ فریزر)

"ایسے ہی تم مجھے بھول جاؤ گے۔ اب یاد کی چھلنی میں کچھ باقی نہیں ہے۔"
جولی نے دہرایا۔

"اس میں کیا شبہ ہے۔ تم امریکہ جا رہی ہو۔ میں ہندوستان ......
اپنے وطن....... .Finish !"

ٹیبل پر جولی کا ہات زور سے کانپا۔ اس نے گلاس نیچے رکھ دیا اور غصے
سے بولی۔

"مگر میں امریکہ نہیں جا رہی ہوں!"
"تم کیوں امریکہ نہیں جا رہی ہو؟"
"کیوں کہ میں ہندوستان جا رہی ہوں!"

"تم ہندوستان کیوں جا رہی ہو؟"

"کیوں کہ میں نے اپنی پسند بدل دی ہے۔ کیوں کہ اب میں وہ جولی نہیں ہوں۔ وہ جولی مر گئی۔ اور جو جولی اس وقت تمھارے سامنے ٹیبل پر بیٹھی ہے۔ وہ تمھاری تخلیق ہے۔ اور کوئی تخلیق اپنے خالق سے جدا نہیں رہ سکتی!"

اتنا کہہ کر جولی نے سب کے سامنے اپنے دونوں ہات کنول کی گردن میں ڈال دیئے۔ اور اس کا منہ چوم لیا۔!

کھانے کے بعد جب وہ دونوں جولی کی جیگر میں واپس جا رہے تھے۔ تو پھر جولی نے اپنے ہونٹ کنول کے کان سے لگا دیئے۔ اور کنول کے کانوں میں آڈن کا وہ مشہور گیت سنائی دینے لگا۔

اس نے مجھے چوم کر جگایا۔
اور کوئی خفا نہ ہوا۔
سورج چمکا۔
بادبانوں پر، آنکھوں پر، کنکریوں پر۔ سب پر
اور وہ اونچا پہاڑ سمندر کے کنارے بیٹھا ہے۔
اس لیے اپنے بدلتے باغ کو یاد رکھنے کی خاطر ناچتے ہیں۔
بچوں کی طرح ایک ہی دائرے میں
پیارے تم میرے ہو کیوں کہ آئینے اکیلے ہیں۔
اور وہ اونچا سبز پہاڑ سمندر کے کنارے بیٹھا ہے۔

"پیارے تم میرے ہو کیوں کہ آئینے اکیلے ہیں۔" جولی نے اک ایسی حسرت ناک گرم جوشی سے کہا کہ کنول کا دل اندر ہی اندر پگھلنے لگا۔

۷۱

بادل چھٹ گئے تھے۔ اور ہل ٹاپ ہوٹل کے بار کی بلوریں دیوار سے گلمرگ اور دائیں بائیں عقبی پہاڑوں کا بلند سلسلہ آسمان کے نیلے کینوس میں برف کی انگلیوں سے دودھیاں تصویر بنا رہا تھا۔ برفیلی چوٹیوں سے نیچے دیواروں کے جنگل کھڑے تھے اور کہیں کہیں پہاڑی سلوٹوں سے شفاف جھرنے بہہ رہے تھے۔ حالاں کہ بادل چھٹ گئے تھے۔ لیکن شام کی آمد سے خنکی بڑھ گئی تھی۔ مگر بار کے اندر کی طرح خنکی نہ تھی۔ ہر ایک نے اونی کپڑے پہن رکھے تھے۔ خاصی مقدار میں شراب اندر جا چکی تھی۔ چہرے سرخ تھے۔ نگاہیں چمکیلی، آوازیں بلند، اور لہجے میں شگفتگی، اور جو اگر یہ سب کچھ نہ ہو تو شراب پینے کا مزا ہی کیا ہے اور گل مرگ آنے کی ضرورت بھی کیا ہے۔

جولی کو اس نیم دائرے والی بلوریں دیوار کے زیریں صوفے پر بیٹھ کر مارٹینی پینا پسند تھا۔ وہ چھوٹا سا گھونٹ یاقوتی مارٹینی کا لیتی گلاس کے اندر برف کو پگھلتا ہوا دیکھتی۔ اس کے گلابی میٹھے ذائقے میں تلخی ایک ہلکے سُر کو زبان پر محسوس کرتی۔ اچھی مارٹینی اور اچھی موسیقی میں بہت مماثلت ہے۔ آنکھیں بند کرنے پر کان اور زبان پر ایک ہی لطیف لمس تیرنے لگتا ہے۔ کتنی ہی حسیات ہیں جو الگ ہونے پر بھی ایک دوسرے میں

بدل سکتی ہیں۔ وہ اس بلوریں دیوار سے الگ کر مارٹینی پیتی ہیں ۔اک نگاہ اٹھا کر باہر کے منظر کو دیکھ لیتی ہے جو ہندوستانی ہونے پر بھی ایلپائنی منظر معلوم ہوتا ہے۔ اور اسے اپنے یوروپ کی یاد دلاتا ہے۔ جسے چند ماہ ہوئے وہ ہمیشہ کے لئے چھوڑ آئی ہے ۔مگر یہ منظر الگ ہوتے ہوئے بھی کس قدر مماثلت رکھتا ہے اس کے یورپ سے، وہ کنول کے لئے ایک اونی سوئٹر بُنتے بُنتے سوچتی ہے۔ سوئٹر کا رنگ گہرا اُبھرا ہے ۔اور اب ڈوبتے ہوئے سورج کا پگھلتا ہوا سونا اس کے رخساروں پر لرز رہا تھا۔ وہ بے حد خوب صورت معلوم ہو رہی تھی حالاں کہ بار میں اور بھی خوب صورت عورتیں موجود ہیں۔ دو دراز قد گیہوں رنگ کی بانکی سکھ لڑکیاں ہیں۔ تیکھے نقوش والی کنواریاں، ہاتھوں میں کوک لئے اپنے تین ہنس مکھ سکھ دوستوں کے مذاق سہہ جاتی ہے ۔مسکراتی ہیں ۔ ہنس دیتی ہیں ۔ لجاتی ہیں۔ سُرخ سُرخ ہو جاتی ہیں ایک ـــــ اکیلی سویڈش لڑکی ہے ۔ بال بالکل فلیکسن ۔ چہرے کا رنگ جیسے صبح کی برف کی پہلی تہہ پر گلاب کی پتیاں بکھری ہوئی ۔ ان آنکھوں کی برفیلی نیلاہٹ کھوئی کھوئی سی ہے۔ اس نے ایک ہات میں گلاس تھام رکھا ہے۔ دوسرے ہات سے پنسل سے اپنے پیڈ پر کچھ اسکیچ کرتی جاتی ہے ۔ ہاں وہ بھی خوب صورت ہے اور ایک طرح سے خوبصورت تو وہ نیگرو لڑکی بھی ہے ۔جو ایک امریکن کے ہات میں ہات ڈالے بیٹھی ہے ۔ بڑی پتلی کمر ہے ۔ اور بھاری کولھے ہیں ۔ اور رنگت کالی بھی نہیں گوری بھی نہیں زیتونی بھی نہیں ۔گیہواں بھی نہیں کچھ عجیب سی رنگت ہے ۔جیسے اس کے بدن میں شام و سحر آ کے مل گئے ہوں ۔ اسے بھی اپنے حسن کی ساحری کا احساس ہے ۔اور وہ گورا امریکی تو اس پہ مرمٹا ہے ۔ برانڈی پیتے پیتے کھا جانے والی نظروں سے اسے دیکھتا ہے ۔ بلکہ نگاہوں ہی نگاہوں سے اسے دھیرے دھیرے کھا رہا ہے ۔نگاہوں سے آدمی بہت سے کام لے سکتا ہے ۔ نگاہیں صرف دیکھتی ہی نہیں کھاتی بھی ہیں ۔ بولتی بھی ہیں ـــــ سونگھتی بھی ہیں ۔ سُنتی بھی ہیں ۔ بہری بھی ہو سکتی ہیں ۔ اندھی بھی ۔ اور کبھی کبھی ایسے Prism کی طرح کام کرتی ہیں کہ آپ کے دل کے محفوظ ترین

گوشے میں چھپا ہوا تاریک ترین جذبہ بھی منعکس کر دیتی ہیں۔ گو اس امریکی کی نگاہوں میں ایسی کوئی بات نہیں ہے۔ بات صرف اتنی ہے کہ اس نے اپنی نگاہ سے اس بھری بار میں اپنی ساتھی نیگرو لڑکی کے کپڑے اتار دیئے ہیں۔ اور ہم اس نیگرو لڑکی کو ایک تو اپنی آنکھوں سے دیکھ رہے ہیں۔ دوسرے اس کے امریکی چاہنے والے کی نگاہوں سے بھی دیکھ سکتے ہیں۔ جیسے اس نیگرو لڑکی کے دو بلوریں جسم ہوں اور ایک دوسرے سے مختلف زاویوں میں مدغم ہوں۔

مگر ان حسیناؤں کے باوجود اکثر مرد کبھی چور نگاہوں سے، کبھی بے باک نگاہوں سے جولی کی طرف زیادہ دیکھتے ہیں۔ دیکھنے پر مجبور ہو جاتے ہیں۔ اس کے حُسن میں کوئی بات ایسی ہے۔ جولی کو اس کا علم ہے۔ وہ اچھی طرح جانتی ہے۔ اور اس امر نے اس کے دل میں ایک پُرانا اطمینان پھر سے پیدا کر دیا ہے۔ جو ہر خوبصورت عورت کے دل میں اپنے حُسن کی استقامت کے یقین سے پیدا ہوتا ہے۔ اور دن میں کئی بار اس یقین کو دہرانا ضروری ہے۔ اور اس کی استقامت کو پرکھنا ضروری ہے کہ کہیں کوئی چول ڈھیلی تو نہیں۔ اس وقت چاروں طرف سے جولی پر نگاہوں کی جو بارش ہو رہی ہے اس نے جولی کو ایسا سکون اور اطمینان عطا کیا ہے کہ وہ اپنے آپ میں مگن سوئٹر بن رہی ہے۔ مارٹینی پی رہی ہے۔ اور کانچ کی دیوار کے باہر کے منظر کو دیکھ رہی ہے اور کبھی کبھی نگاہ اُٹھا کر اپنے قریب بیٹھے ہوئے ان چاروں کو دیکھ لیتی ہے۔ جو بیئر کے بڑے بڑے جگ اپنے سامنے رکھے ہوئے ایک ایسی بحث میں مصروف ہیں جس میں جولی کو کوئی زیادہ دلچسپی بھی نہیں ہے۔ ان چاروں میں ایک تو کنول ہے۔ دوسرا سری نگر کا ایک وکیل ہے سوم ناتھ زتشی۔ تیسرا ایک امریکی مصنف ہے مائیکل ہارکنس جو دو سال سے ہندوستان میں گھوم رہا ہے۔ وہ ایک کتاب لکھنا چاہتا ہے۔ جس کا عنوان ہوگا The changing pattern of Indian civilization.

اس کتاب کو امریکہ کے مشہور پبلشر ہاڈر اینڈ بلا ٹیبٹس چھاپیں گے اور دو سال سے

وہی مائیکل کا خرچ برداشت کر رہے ہیں۔ چوتھا امیش نرائن سکسینہ کنول کا تایا زاد بھائی جو اس روز کے لئے گل مرگ آیا تھا کنول کا مہمان ہو کر۔ سوم ناتھ زتشی بڑے گہرے لہجے میں بات کر رہا تھا۔ اس کے گہرے بھورے بالوں میں کہیں کہیں سنہرے لچھے پڑے تھے۔ اور اس کا سارا چہرہ موم اور شنگرف کا بنا ہوا معلوم ہوتا تھا۔ وہ ایک زندہ آدمی تھا۔ لیکن لگتا تھا کہ ہزاروں برس سے اس کے خاندان میں کہیں کوئی باہر کا میل نہیں ہوا۔ اس لئے زندہ ہونے کے باوجود اس کے چہرے میں ایک ممی کی سی کیفیت۔ اور جوانی کے باوجود ایک عجیب قسم کی کہنگی جو بے حد نجیب الطرفین کشمیری خاندان والے کے چہرے پر جھلکتی ہے۔ چہرہ کبھی کبھی موم کا بنا ہوا لگتا ہے۔ کبھی کبھی قدامت کا ایسا عجیب تاثر چھوڑتا ہے کہ اس کا خیال آتے ہی جسم میں ایک جھرجھری سی دوڑ جاتی ہے۔ کیوں کہ الگ الگ مذاہب کے وجود ہم لوگوں کی تہذیب ایک ہے۔

"کیا شروع سے ایک تھی؟" امیش نے طنزاً پوچھا۔ وہ بے حد شریر طبع تھا۔ اور ہر بات کا بُرا پہلو دیکھنا اور دکھانا اسے پسند تھا۔ پھر بحث کرنے کی بھی اس کی عادت تھی۔ یعنی بحث کی خاطر بحث۔ بلکہ کج بحثی میں اسے مزا آتا تھا۔ کیا گزشتہ پانچسو برس میں کہ جب مسلمان کشمیر پر حکمراں رہے ایک نئی اور الگ تہذیب نے جنم نہیں لیا۔ جس کے فلسفے اور کلچر کی بنیادیں پچھلی تہذیب سے الگ ہیں۔؟

سوم ناتھ زتشی بولا۔ یوں تو ساری دُنیا میں مختلف خیالات اور سماجی حالات کو لے کر مختلف تحریکیں چلی ہیں۔ اور آویزش کا سلسلہ عرصہ دراز سے جاری ہے۔ لیکن مختلف ملکوں میں اس کی صورتیں مختلف ہو جاتی ہیں۔ کہیں پر آویزش کی کارفرمائی زیادہ رہتی ہے۔ جیسے اسپین میں۔ اسپین میں سات سو سالہ مُسلم حکومت کے باوجود وہاں کی مسیحیت نے مسلمان کو اکھاڑ پھینکا اور اُنھیں ان کے افکار سمیت اسپین سے بدر کر دیا۔ کہیں پر آویزش سے زیادہ آمیزش کی کارفرمائی ہوتی ہے۔ ایسے خوش قسمت ملکوں میں کشمیر کی مثال بھی دی جا سکتی ہے۔ یہاں

پانچ سو سالہ مُسلم حکومت کے دوران جو تہذیب پیدا ہوئی وہ پُرانی تہذیب کی نقل نہ تھی۔ وہ بالکل ایک نئی تہذیب بھی نہ تھی۔ ایک طرح سے کہنا چاہیئے کہ دونوں کا عجیب و غریب سنگم تھی ان دو مختلف دھاروں کا سنگم اس عجیب و غریب امتزاج سے ہندوستان کے کسی اور خطے میں وقوع پذیر نہ ہوا ہوگا۔

"کس طرح سے؟" مائیکل پارکنسن نے اپنی نوٹ بُک نکال لی تھی اور پنسل سے نوٹ کرتا جاتا تھا۔

دراصل مسلمانوں کی آمد سے پہلے ہی یہاں پر ایک ملے جُلے فلسفے کی بنیاد پڑ چکی تھی۔ ز تشی سمجھانے لگے۔ جسے تریکا شاستر کے نام سے یاد کیا جاتا ہے۔ اور جس میں ہندو مذہب اور بودھ دھرم کی بہترین علامتیں جمع کردی گئی تھیں۔ اس تریکا شاستر کے فلسفے کو شیومت سے بھی منسوب کیا جاتا ہے۔ بعد میں جب مسلمان آئے تو انھوں نے اس سلسلے کو ختم نہیں کیا' بلکہ مسلم صوفیوں نے اس میں مناسب اضافے کر کے کشمیری راہبوں کے ایسے سلسلے کو فروغ دیا جن کی عزت کشمیر کے ہندو اور مسلمان دونوں کرتے تھے۔ ان کشمیری راہبوں کو ہماری زبان میں ریشی کہا جاتا ہے۔ جو ممکن ہے سنسکرت لفظ رشی کی ہی ایک بگڑی ہوئی صورت ہے۔ ان رشی عارفوں میں آپ کو ہندو بھی ملیں گے اور مسلمان بھی اور دونوں ایک دوسرے کے مُرشد اور مُرید بھی۔ علاوہ ازیں دونوں کا طریق عمل ایک سا تھا۔ عبادت گزاری۔ سادہ زندگی۔ شادی سے اجتناب' خدمتِ خلق اور گوشت سے پرہیز کر کے صرف جڑی بوٹیوں کو کھا کے زندہ رہنا۔ ان ریشی راہبوں نے بہت حد تک وادی میں ہندو مسلمان کی تہذیبی تفریق مٹا کے ایک ملی جُلی تہذیب کو جنم دیا تھا۔ جو آج بھی باقی ہے۔ تہذیبوں کے اس سنگم میں اور ملک کے اس امتزاج میں جس اصل تقوی کا فکر ابھرتا ہے۔ ان میں پر مانند۔ بسلہ عارفہ، شیخ نورالدین ولی، کرشن پیر بتہ مالو، زمار ریشی وغیرہ بہت مشہور ہیں۔ یوں کہنا چاہیئے کہ ہندو مسلمانوں کے میل جول سے ریشی مت وجود میں آیا۔ جن کے مت میں فرقے اور عقیدے کا

کٹرپن نہیں تھا۔ یہاں تک کہ بہت سے مُسلمان ریشی بزرگوں پر ہندوؤں نے ہندو ہونے کا دعویٰ کیا۔ چنانچہ شیخ نورالدین وصی کو آج بھی ہندو نندہ ریشی کے نام سے پُکارتے ہیں۔ یہ لوگ گوشت تو گوشت آخر میں دودھ چانول اور سبزی تک کھانے سے گریز کرنے لگے تھے۔ اور صرف جڑی بُوٹیاں کھا کے گزر کرتے تھے اور اپنی ساری زندگی عوام کی خدمت میں گزار دیتے تھے۔ یا پہاڑی غاروں اور گپھاؤں میں بند ہو کے ریاضت کیا کرتے تھے۔"

"اس میں نئی بات کون سی ہے۔؟" امیش سکسینہ نے پوچھا۔ "یہی جھگڑا کبیر کے بارے میں کھڑا کیا تھا۔ کہ وہ ہندو تھے یا مُسلمان؟ دونوں فرقے انھیں اپنا ملتے تھے۔ ہندو سنیاسیوں اور مسلم صوفیوں کی بھی ہندوستان میں ایسی کوئی کمی نہیں ہے۔ جنھوں نے ترک دُنیا کر کے عبادت گزاری میں اپنا وقت گزارا ہو۔ اور ہندو مُسلم ایکتا کی تلقین کی ہو۔

"سب مانتا ہوں" زتشی بولا۔ "لیکن کشمیر میں اس کا اثر بہت گہرا پڑا ہے۔ اس ریشی تحریک کا۔ یوں کہنا چاہیئے کہ صوفیوں کی وہ تحریک جو ہندوستان میں ایک مشترکہ تہذیب کو پورے طور پر جنم نہیں دے سکی۔ اس کو کشمیریوں نے اپنے وطن میں جگہ دے کر وہ معجزہ کر دکھایا۔ کشمیری عوام میں بلالحاظِ مذہب و ملت بہت ساری مشترکہ روایات آج بھی ملتی ہیں۔ تکھیر بھوانی ہندوؤں کا متبرک تیرتھ استھان ہے۔ لیکن آج وہاں جایئے تو آج بھی اس کی پوجا کے لئے پھول پتے دودھ میوے دُنبہ کا کام مسلمان کرتے ہیں۔ عیش مقام پر بابا زین الدین کی زیارت گاہ اور سری نگر میں شاہ ہمدان صاحب اور مخدوم صاحب کی زیارتوں کو ہندو اور مسلمان دونوں مانتے ہیں۔ بتہ مالو صاحب کی زیارت گاہ پر ہر سال لاکھوں کا میلہ ہوتا ہے۔ مئی کے مہینے میں یہ میلہ چار دن تک لگتا ہے۔ اور ہندو اور مُسلمان دونوں یہاں منتیں ماننے آتے ہیں اور دونوں فرقوں کے لوگ چار دن تک گوشت خوری سے پرہیز کرتے ہیں۔ دیوسر میں ترنپر سندری دیوی کے استھان پر مسلمان آتے ہیں۔ اور ہندوؤں کی طرح منتیں مانتے ہیں۔ کرناگ میں ترسندھیا دیوی اور اننت

میں راگنیا دیوی کے استھان بھی اسی طرح دونوں فرقوں کی نگاہ میں مقدس اور لائقِ احترام ہیں۔ ہمارے ہاں بہت سے مولوی اور پنڈت تعویذ اور گنڈے دیتے ہیں اور یہ سلسلہ مسلمانوں سے پہلے کے زمانے سے چلا آتا ہے۔ لیکن ایک بات ان تعویذوں میں جو بے حد اہم سمجھی جانی چاہئے وہ ان کی زبان ہے۔ ان تعویذوں کی زبان میں ہندو دیوتاؤں کے نام بھی آتے ہیں اور مسلمان فرشتوں کے بھی۔ زبان بھی ملی جلی ہوتی ہے یعنی سنسکرت کے ساتھ ساتھ عربی اور فارسی، بھی ہے یہ غیر اہم باتیں نہیں۔"

میں اس رجحان کے دیو سے انکار نہیں کرتا۔ لیکن اس سے بھی بڑی حقیقت یہ ہے کہ گزشتہ پچاس برس میں کشمیر کے ہندو اور مسلمان بھی ایک دوسرے سے دور ہوتے گئے ہیں۔ ورنہ اننت ناگ کو اسلام آباد کا نام دینا کیا معنی رکھتا ہے؟ امیش سکسینہ نے کسی قدر تلخی سے کہا۔ اس کے ماتھے کے بیچ میں ایک رگ اُبھر آئی تھی۔ اور پھڑک رہی تھی۔ کنول اسے شرارت کی آگ کہتا تھا۔" رشی بزرگ اب پیدا نہیں ہوتے۔ اس پرامن وادی میں بھی پیدا نہیں ہوتے۔ گزشتہ پچاس برس میں کشمیری مسلمان پنجابی مسلمانوں کے قریب ہوتے گئے اور اپنے اعتقادات میں کٹر ہوتے گئے۔"

" تو کیا جموں کے ہندو جن سنگھ کے زیادہ قریب نہیں ہوتے گئے؟ کنول نے بحث میں پہلی بار حصہ لیتے ہوئے کہا۔ اب تک وہ خاموشی سے سن رہا تھا۔ ہندوستان کی تقسیم کے بعد اب کشمیر کی تقسیم کی تجویز ایک مسلمان نے نہیں بلکہ ایک ہندو نے ملک کے سامنے رکھی ہے۔"

" اصل میں ساری غلطی تم کشمیری پنڈتوں کی ہے۔ امیش سکسینہ نے ایک اُنگلی اُٹھا کر اسے تنبیہی انداز سے زتشی کی طرف گھماتے ہوئے کہا۔ جناب آپ کو معلوم ہے۔ اب وہ مائیکل پارکنسن کی طرف متوجہ ہوا۔ کشمیر میں موجودہ نزاع اور چپقلش کے ذمے دراصل میں یہ کشمیری پنڈت ہیں۔"

"وہ کس طرح۔؟" مائیکل پارکنسن کے چہرے پر ایک مسکراہٹ آئی۔

"مجھ سے پوچھو۔" اُمیش سکسینہ بولا۔ سن ۱۳۸۰ء میں کشمیر میں سہ دیو حکمراں تھا۔ اس سال ذوالقدر خاں جو چنگیز خاں کی اولاد تھی کشمیر پر سات ہزار گھوڑسواروں کے ہمراہ حملہ آور ہوا۔ راجہ سہ دیو مقابلے کی ہمت نہ پاکر کشتوارہ بھاگ گیا۔ جہاں کے راجہ سے اس کا رشتہ تھا۔ ذوالقدر خاں سے جسے کشمیری اپنی زبان میں ذوالچو کہتے ہیں۔ کشمیر میں لوٹ مار کرنے کے بعد ہندوستان لوٹنے کی ٹھانی لیکن راستے میں برف باری سے اس کی فوج کا بڑا حصّہ تباہ ہوگیا۔ ملک کی تباہ حالی نے پہاڑی قبیلوں کو بھی لوٹ کھسوٹ کی طرف مائل کیا۔ اور اس افراتفری کے زمانے کو رینچن شاہ نے اپنی حکمت عملی سے فرو کیا۔"

"ٹھہرو۔" مائیکل پارکنسن بولا۔" یہ رینچن شاہ کہاں سے آٹپکا۔ ذکر سہ دیو راجہ کا ہو رہا تھا۔

"رینچن شاہ بدھ مت کا پیرو تھا۔ یہ کشمیر میں اپنے اور دوستوں سمیت وارد ہوا تھا۔ ایک کا نام شاہ میر تھا۔ یہ شاہ طاہر کا بیٹا تھا اور مسلمان کا بیٹا تھا۔ تیسرا اور دستان کا ایک سردار لنکر چک تھا۔ یہ تینوں راجہ سہ دیو کے زمانے میں اپنی قسمت آزمانے آئے تھے اور راجہ کے ہاں ملازم ہوگئے تھے۔ بعد میں راجہ کے بھاگ جانے کے بعد ان کے جوہر کھلے۔ افراتفری اور تباہ حالی کے زمانے میں رینچن نے شاہ میر کی مدد سے کشمیر میں امن وامان قائم کیا۔ اور شاہ میر کو اپنا وزیر مقرر کیا۔ یہ کشمیر کا پہلا مسلمان وزیر تھا۔

رینچن نے کشمیر کے تخت پر قبضہ کرنے کے بعد اپنے قدم جمانے کی خاطر راجہ سہ دیو کے وزیر رام چندر کی بیٹی کوٹا رانی سے شادی کرلی۔ رینچن بدھ مت کا پیرو تھا۔ کوٹا رانی ہندو تھی۔ اور وہ رینچن کو جو اس وقت کشمیر کا راجہ بن چکا تھا۔ ہندو دھرم میں شامل کرنا چاہتی تھی۔ لیکن سوم ناتھ زتشی کے بزرگوں نے رینچن کو اپنے مذہب میں شامل کرنے سے انکار کردیا۔

"کیا یہ سچ ہے؟" مائیکل کے ابرو اُوپر اٹھنے لگے۔

زتشی نے اثبات میں سر ہلایا۔

اُمیش بولا۔ "جب رینچن کو ہندوؤں نے اپنے مذہب میں شامل کرنے سے انکار کر دیا۔ تو وہ مسلمان ہوگیا۔ اور اس کے مسلمان ہو جانے کے بعد اس کی رعایا کے بہت سے لوگ بھی مسلمان ہو گئے۔ گویا کشمیر میں مسلمانوں کی حکومت کو قائم کرنے کا سہرا بھی ان کشمیری پنڈتوں کے سر ہے!"

امیش ہنسنے لگا۔ زتشی بھی ہنسا —— مائیکل نے ایک زوردار قہقہہ لگایا۔

"بلاڈی فولز" اس نے زور سے کہا۔ اور نوٹ بک بند کر دی۔

کنول نے کہا۔ بلاشبہ اب بھی وادی میں آویزش کے اثرات زیادہ نمایاں ہیں۔ اور یہاں پر میں زتشی سے اتفاق کرتا ہوں۔ لیکن آویزش اور آمیزش کا یہ سلسلہ ابھی تک جاری ہے۔ اور میں اس بات پر امیش سے اتفاق کروں گا کہ گزشتہ پچاس برس میں آمیزش سے زیادہ آویزش کے سلسلے کو تقویت پہنچتی ہے۔ جس کی ایک مثال پاکستان کا قیام ہے۔ اور دوسری مثال شمالی ہند میں جن سنگھ کا غیر معمولی پھیلاؤ اور کوئی نہیں کہہ سکتا کہ یہ سلسلہ کہاں پر جا کر رُکے گا۔"

جولی نے اون کے گولے میں دونوں سلائیاں زور سے گھسا دیں۔ اور جمائی لیکر بولی۔ "یا خدا۔ میں بالکل بور ہو چکی ہوں۔ اس بحث سے ....

"واقعی بحث طویل تھی۔" کنول نے صاد کیا۔ "اب کیا کریں؟"

"سوچا تھا۔ شام کو گھڑ سواری کریں گے۔" جولی بولی۔ "مگر وہ وقت بحث میں نکل گیا۔ اور اب رات آگئی ہے۔ ڈنر کا وقت ہو چلا ہے۔ ڈائننگ روم سے بینڈ کی آواز آ رہی ہے اور مجھے کچھ بھوک لگ رہی ہے۔"

"تو کھانے کے کمرے میں چلیں۔" مائیکل بولا۔ "مگر پہلے ڈرنک کا آرڈر دیدیں"

وہسکی، پانچ وہسکی۔؟

"پانچ نہیں چار۔" جولی بولی۔ "میں سہ پہر سے پی رہی ہوں۔ اب پینے کو جی نہیں چاہتا۔"

"کھانے کے ساتھ کچھ نہیں لوگی؟" مائیکل نے پوچھا۔

"سیب کا جوس لے لوں گی بس!"

"تو ایک شیری یا سائیڈر۔"

"اچھا تو ایک سائیڈر۔" جولی سرہلا کے بولی۔ اون کا گولہ اور سلائیاں اس نے اپنے بڑے بٹوے میں بند کیں۔ اور پرس لے کر اُٹھ کھڑی ہوئی۔ اور اسے بے چینی سے جھلانے لگی۔ کنول نرتشی مائیکل اور ایش جلدی سے اپنا ڈرنک ختم کرکے اُٹھے۔ جولی نے کنول کی بانہہ کا سہارا لیا اور یہ قافلہ بار سے ڈائننگ روم میں منتقل ہوگیا۔ جہاں اس وقت ڈانس شروع ہوچکا تھا۔ اور ڈانس فلور کے کنارے کنارے میزوں پر سوپ کی پلیٹوں میں چمچے کھنک رہے تھے۔

مائیکل نے ایک شوخ وشنگ ہندوستانی لڑکی کو ناچ کی دعوت دی اور کنول نے نیگرولڑکی سے ڈانس کے لئے۔ وہ اس کے ساتھ فلور پر آگئی۔ ناچتے ناچتے اس نے بتایا۔ میں کیلی فورنیا کی ہوں۔ لاس اینجلز میں رہتی ہوں۔ نفسیات پڑھاتی ہوں۔ مارگرٹ رشیلی میرا نام ہے تم مجھے میگی کہہ سکتے ہو اور تم بتاؤ تمھارا نام ہے۔

میں نے کہا۔ "میرا نام کنول ہے اور میں پلاسٹک سرجری کا ماہر ہوں یعنی ماہر سمجھا جاتا ہوں۔ کئی برس کے بعد لندن سے اپنے وطن لوٹا ہوں۔ اپنی بیوی کو ہندوستان گھما رہا ہوں۔"

"وہ انگریز لڑکی جو فلم اسٹار لگتی ہے۔" میگی نے پوچھا۔

"ہاں!"

تمہاری کمر کا خم بیحد دلکش ہے ۔ میں نے اس قدر پتلی کمر مغربی عورتوں میں کم دیکھی ہے ۔" میں نے اس سے کہا اور پھر سوچا ۔ کیا وہ امریکی تمہارا شوہر ہے ۔؟

"کون ڈیوڈ؟" میگی نے اشارہ کیا ۔

میں نے سر ہلایا ۔

"نہیں وہ تو میرا منگیتر ہے ۔ مگر میں نے ابھی کوئی فیصلہ نہیں کیا ۔" میگی کے بے حد سپید دانت دمک دمک گئے ۔

جولی نے ابھی اپنا سوپ ختم کیا تھا کہ ڈیوڈ گوڈز چائلڈ اس کے پاس جھک کر اس سے ڈانس کی درخواست کرنے لگا!۔

جولی نے خفیف سی مسکراہٹ سے سر ہلا کر اس سے انکار کر دیا ۔

ڈیوڈ گوڈز چائیلڈ کی سمجھ میں کچھ نہ آیا ۔ مگر وہ واپس چلا گیا اپنی میز پر ۔ اور جب ڈانس ختم ہوا ۔ اور میگی اور کنول الگ ہوئے تو وہ اپنی میز سے اُٹھ کر واپس آتے ہوئے جوڑوں کو قریب پہنچ کر کنول سے کہنے لگا "یہ کیا بات ہے ۔ میری میگی نے تو تمھیں انکار نہیں کیا ۔ لیکن تمہاری لڑکی نے میرے ساتھ ناچنے سے انکار کر دیا ۔"

کنول نے مُسکرا کر کہا "A woman's privilige"

"مائی فوٹ!" ڈیوڈ یانکی لہجے میں زور سے بولا ۔ اور میگی کی کمر تھام کر اسے اپنی میز پر لے گیا ۔

کھانا ختم کرنے کے بعد جب وہ لوگ اُٹھے تو کنول نے پھر جولی کو ذرا سا سہارا دیا ۔ چلنے میں جولی کا لنگ ذرا سا نمایاں ہونے لگا تو ڈیوڈ کی میز سے کسی کے ہنسنے کی آواز آئی ۔ جولی نے پلٹ کر نہیں دیکھا ۔ لیکن اس کا چہرہ کانوں تک سُرخ ہوتا چلا گیا ۔ کنول نے پلٹ کر دیکھا ——— یہ ڈیوڈ کی ہنسی تھی ۔ میگی نے اسے گھور کر دیکھا تھا اور وہ چُپ ہو گیا تھا ۔ مگر وہ ہنسی ایک برے کی طرح جولی کے سینے میں اُتر چکی تھی ۔ جب وہ لکڑی کے

۸۲

کوریڈور سے جلدی سے گزر کر اپنے بیڈ روم میں پہنچی تو بستر پر گر کر رونے لگی۔

"میں لنگڑی ہوں۔ میں لنگڑی ہوں!" سسکیاں اس کے سینے سے نکل رہی تھیں۔

کنول نے اسے اپنی باہوں میں لیا۔ اس کا ماتھا چوما۔ اس کے گال آنکھیں بال۔ گردن شانہ.....

"مجھے تمہارا یہی لنگ پسند ہے۔" کنول میٹھی سرگوشیوں میں اس سے کہنے لگا "اس سے چلنے میں تمہاری کمر میں جو ایک گھماؤ پیدا ہوتا ہے۔ اس پر میری جان جاتی ہے۔" وہ اس کی باڈیس کے بٹن کھولتے ہوئے کہنے لگا۔

۸۳

بعد میں جب وہ دونوں پلنگ پر لیٹے ہوئے تھے تو کنول نے ذرا ہنس کے کہا۔
معلوم ہے آج جو کچھ ہوا اس سے مجھے کشمیر کی ایک پرانی لوک کہانی یاد آئی ہے جو بہت مدت ہوئی میں نے سُنی تھی۔

"کیا کہانی تھی وہ۔ اوں؟" جولی اس کا ہونٹ چوم کر بولی۔ "اوں؟"

تم نے جس طرح اس امریکی کے ڈانس کی آفر رد کر دی اور جس کی وجہ سے وہ انتقاً تم پر ہنسا۔ اس سے مجھے مولوی عطاء اللہ اور ریچھ کی کہانی یاد آگئی۔"

"سناؤ ناں!" وہ شہد بھرے لہجے میں بولی۔

"کیا تمھیں نیند تو نہیں آرہی ہے؟ کنول نے اس کے اُبھرے سینے کے سپید مرمریں سطح کو اپنی ہتیلی سے دبایا۔ جولی نے اس کا ہات اُٹھا کر چوم لیا۔ پھر اس کا ہات اپنے سینے پر رکھ لیا۔ اور کہنے لگی۔

"ہاں آتو رہی ہے مگر کہانی سُننے کو بھی جی چاہتا ہے۔"

میں نے کہا۔ "وادی کے دور افتادہ دامن میں دو پہاڑوں کی تنگنائے میں

ایک چھوٹا سا گاؤں آباد تھا۔ دونوں طرف گھاٹیوں پر جنگل پھیلے ہوئے تھے۔ بیچ میں ایک پُرشور نالہ بہتا تھا جس میں اوپر جنگل سے چیڑ اور دیودار کے لٹھے کٹ کر بہتے ہوئے آتے تھے۔ گاؤں کے اکثر لوگوں کو ٹھیکے دار اس امر کی مزدوری دیتے تھے کہ وہ لکڑی کے لٹھے جو اکثر نالے میں ایک جگہ آکر جمع ہو جاتے تھے اور آگے جانے کا بہاؤ روک دیتے تھے۔ انھیں الگ الگ کر کے آگے بہا دیں گاؤں کے اکثر مکان لکڑی کے انہی لٹھوں سے بنے تھے۔ دیہاتی بہت سادہ زندگی بسر کرتے تھے۔ وہ لکڑی کاٹنے کے موسم میں لکڑی کے لٹھے بناتے اور کھیتی باڑی کے وقت کھیتی باڑی کرتے۔ گو کھیتی باڑی کے لئے جگہ اس قدر کم تھی کہ مکئی کے سوا کھیتوں میں کچھ پیدا نہ ہوتا اور جو دھان کے کھیت ہوتے وہ اکثر پر شور نالے کے بہاؤ میں بہہ جاتے تھے۔ اس گاؤں کا مولوی ادھیڑ عمر کا بڑا بارعب چالاک مولوی تھا۔ دو شادیاں اس نے کر رکھی تھیں اور تیسری کی فکر میں تھا۔ گاؤں میں وہی تعویذ گنڈے بانٹتا تھا۔ شادیاں کراتا تھا۔ انھیں رجسٹر کرتا تھا اور گاؤں میں موت اور پیدائش کا حساب رکھتا تھا۔ اور آتے جاتے گزرنے والے سرکاری حاکموں تک اس کی رسائی تھی۔

وہ تیسری شادی کیوں کرنا چاہتا تھا؟" جولی نے پوچھا۔

"اسلام میں چار شادیاں جائز ہیں۔"

"تب تم مسلمان کیوں نہیں ہو جاتے۔" جولی نے پوچھا۔ بڑے مزے میں رہو گے۔"

میں نے کہا۔ "اگر تمھارا یہی مشورہ ہے تو مجھے کب انکار ہے۔"

"گلا گھونٹ دوں گی تمھارا۔" جولی نے اپنے دونوں ہات میرے گلے پر رکھ دیئے مگر اسے دبایا نہیں۔ دانتوں سے کٹکٹا کے چھوڑ دیا۔ میں نے اس کا نرم گرم لطیف لمس اپنی گردن پر محسوس کیا۔ دانت کٹکٹانے میں درد کی نہ جانے ایک عجیب لذّت سی محسوس ہوئی...

"پھر کیا ہوا؟"

میں نے کہا۔ اس گاؤں میں حمیدہ نام کا ایک چرواہا رہتا تھا۔ وہ نوجوان تھا اور خوبصورت تھا اور گو اس کے پاس زمین بہت کم تھی لیکن بھیڑ بکریاں چرا تا اور شام کو اپنے مویشی خانے میں لے آتا۔ پھر نالے کے کنارے اپنے لکڑیوں کے مکان میں اپنے بڈھے ماں باپ کے ساتھ کھانا کھا کے لکڑی کے فرش پر کمبل بچھا کے سوجاتا۔

"بے چارا اکیلا سوتا تھا۔" جولی نے افسوس سے سرہلا کے کہا۔ "اکیلے سونے میں کیا مزا ہے؟"

"تم کہانی تو سنو۔ ایک دن اُس نے جنگل میں اپنا ریوڑ چراتے چراتے بس ایک لڑکی کو دیکھ لیا۔ اس کا نام زنیاں تھا۔ اور وہ بہت خوبصورت تھی۔ کشمیری لڑکیاں تم دیکھ چکی ہو۔ اکثر خوبصورت ہوتی ہیں۔ مگر زنیاں بہت خوبصورت تھی تیکھے نقش، ستواں ناک، غنچہ دہن، رنگت جیسے گلاب اور بالائی۔

"یعنی گلاب رخساروں پر اور بالائی گردن پر؟ جولی نے شریر نگاہوں سے میری طرف تاکا۔ پھر پوچھنے لگی۔ "جنگل میں وہ کیا کرتی تھی؟"

"وہ اپنے گاؤں سے ریوڑ چرانے حمید کے جنگل میں آنکلی تھی۔ وہ بھی چرواہی تھی۔ اس لئے، دونوں میں بہت جلد دوستی ہوئی۔ حمید تو اسے دیکھتے ہی دل دے بیٹھا۔ کہنے لگا۔

"زنیاں تُو تو بہار کے پہلے دن کی صبح کی طرح حسین ہے۔"

"لگتا ہے تم نے زنیاں کو کہیں دیکھا ہے! اتنی تعریف جو کر رہے ہو اس کی۔" جولی کے لہجے میں رشک کا شائبہ سا اُبھرنے لگا۔ "کہاں دیکھا تھا تم نے اس کو؟"

"کہیں نہیں پگلی۔ ایک کہانی سُنا رہا ہوں۔"

"کیا وہ مجھ سے بھی خوب صورت تھی؟"

کنول نے دونوں ہات اس کے شانوں کے پیچھے سے لے جا کر اسے بھینچ کر اپنے

سینے سے لگا لیا اور پھر دیر تک اس کے ہونٹ چومتا رہا۔ جولی کا سارا غصہ دور ہو گیا۔ وہ کھلکھلا کر ہنس پڑی۔ بولی آگے سناؤ۔

"جب دونوں میں عشق ہو گیا تو ایک دن حمیدے نے زیناں کے ساتھ اس کے گھر جا کر لڑکی کے ماں باپ سے شادی کے لئے کہا۔ لڑکی والوں نے پہلے تو انکار کیا مگر جب زیناں کا جذبہ دیکھا۔ چپکے چپکے حمیدے کے گاؤں جا کر اس کا گھر دیکھا۔ مویشی خانہ دیکھا ریوڑ دیکھا۔ اس کے شریف ماں باپ سے ملے تو ہاں کر دی۔ حمیدے کو زیناں سے شادی کرنے کی اس قدر جلدی تھی کہ اس نے نکاح میں زیادہ لوگوں کو بلایا تک نہیں۔ بس قریب کے چند رشتے دار اور دوست لے کر لڑکی والوں کے گاؤں چلا گیا اور زیناں کو بیاہ کے لے آیا۔ اسے شادی کی اتنی عجلت تھی کہ شادی کرنے سے پہلے اس نے اپنے گاؤں کے مولوی عطاء اللہ سے مشورہ تک نہیں کیا۔ ویسے یہ نکاح مولوی عطاء اللہ نہیں کر سکتا تھا کیوں کہ لڑکی والوں کے گاؤں کا مولوی دوسرا تھا۔ مگر قاعدے سے حمیدے اور اس کے ماں باپ کو اپنے گاؤں کے مولوی سے مشورہ تو کرنا چاہئے تھا اور یہ بات مولوی عطاء اللہ کے دل میں چبھ گئی۔

اور وہ سوچنے لگا کہ اگر اس طرح روایت قائم ہو گئی اور اس طرح اس کے گاؤں والوں نے اسے نظر انداز کرنا شروع کیا تو اس کی تو چھٹی ہو جائے گی اور وہ روزی سے بھی جائیگا

"میں کہتی ہوں تین مہینے سے ہم ہندوستان میں گھوم رہے ہیں۔ تم اپنی روزی روٹی کا سلسلہ کب شروع کرو گے کیا تمھارے گھر والے بہت امیر ہیں۔؟"

"اچھے خاصے ہیں" جولی نے زبان نکال کر اس کا منہ چڑایا۔

کنول نے آگے بڑھ کر اس کی زبان اپنے منہ میں لے لی۔ چند لمحوں کے بعد جولی نے منہ پھیر کر کہا۔ "ہٹو۔ گندے۔ کہانی سناؤ۔ نہیں تو"

"نہیں تو کیا"

"نہیں تو اپنی زبان تمہارے مُنہ میں رکھ دوں گی۔"

"اس کا مطلب ہے تم کہانی سُننا نہیں چاہتی ہو۔"

"نہیں۔ نہیں سناؤ۔ مجھے مولوی عطار اللہ سے دلچسپی پیدا ہو رہی ہے۔ کیا وہ بہت ہینڈسم تھا۔"

"اُدھیڑ عُمر کا سخت گیر مولوی تھا۔ داڑھی بھی رکھتا تھا۔"

"مجھے سخت گیر آدمی اچھے معلوم ہوتے ہیں۔ خصوصاً جو داڑھی رکھتے ہوں۔" جولی نے اپنا فیصلہ سُنایا۔

"کوئی فیصلہ کرتے وقت تم پُوری کہانی تو سُن لو۔"

"سُناؤ۔"

دلہن کو گھر میں لانے کے بعد حمیدے اور اس کے ماں باپ نے دعوت کی۔ اس دعوت میں مولوی صاحب کو تو مہمانِ خصوصی کے طور پر بلایا گیا تھا۔ مولوی عطار اللہ گئے اور جب دُلہن ان کے سامنے لائی گئی تو انھوں نے ساری محفل کو ہٹ جانے کا اشارہ کیا سب لوگ ہٹ گئے۔ صرف دُلہا دلہن لڑکے کا باپ اور اس کی ماں کمرے میں رہ گئے۔ اور دُلہن! مولوی نے نظر بھر کے دلہن کو دیکھا اور اس کا دل دھڑکنے لگا۔ ایسی خوبصورت لڑکی اس نے زندگی میں آج تک نہ دیکھی تھی۔ شرماتی لجاتی سی۔ بڑی بڑی آنکھوں میں پھیلا کاجل اور بھری بھری گوری باہنوں میں کھنکتی ہوئی چوڑیاں.... مولوی نے سوچ کر زور سے پاؤں زمین پر پٹکا اور لاحول پڑھ کر بولے۔

"یہ دُلہن اس گھر کے لئے نامُبارک ہے۔"

"نامُبارک ہے؟" لڑکے کے باپ نے گھبرا کر پُوچھا۔

"بدقدمی ہے۔" مولوی نے خشونت آمیز لہجے میں کہا۔ "گھر کو برباد کر ڈالے گی۔"

"کیا کہتے ہیں آپ؟" حمیدے کی ماں گھبرا کر بولی۔

حمیدے نے مولوی صاحب کے پاؤں پکڑے۔ گڑگڑا کر بولا۔ "کوئی تعویذ گنڈا ایسا دے دیجئے، جس سے دلہن کے سر سے یہ آفت ٹل جائے۔"

"ہو نہیں سکتا۔" مولوی صاحب فیصلہ کن لہجے میں بولے۔ "آفت کی کی جڑ یا یہ دلہن خود ہے۔ جب تک اس گھر میں رہے گی۔ تباہی لاتی رہے گی۔"

"جو کچھ خدا کرے گا اس کی مرضی"! دولھا کا باپ بولا۔

"تم سمجھتے نہیں ہو۔" مولوی نے اپنی دونوں آنکھیں حمیدے کی ماں پر گاڑ دیں۔ یہ لڑکی لڑکے کے لئے منحوس ہے۔ جب تک اس گھر میں رہے گی لڑکے کی جان کو خطرہ ہے۔"

اب ماں کے قدم ڈگمگانے لگے۔ اگر اس کے لڑکے کی جان کو خطرہ ہے تو وہ ایسی منحوس بہو کو اپنے گھر میں کیسے رکھ سکتی تھی۔ مگر حمیدا جی جان سے زیناں پر فدا تھا۔ اس لئے اس نے پھر اپنا سر مولوی صاحب کے قدموں پر رکھ دیا۔ اور گڑگڑاتے ہوئے بولا۔

"آپ کے ایک تعویذ سے جن اور بھوت بھاگ جاتے ہیں۔ کچھ ایسا کیجئے، جس سے یہ خطرہ ٹل جائے اور میری زیناں میرے گھر میں رہے۔"

"یہ نہیں ہو سکتا۔" مولوی صاحب سر ہلا کے بولے۔ پھر لڑکے کے باپ اور ماں کو الگ لے جا کے ڈرانے لگے کہ اگر تم نے آج کی رات مل کر ابھی اس لڑکی کو گھر سے نہیں نکال دیا تو ممکن ہے آج کی رات ہی حمیدے کی موت ہو جائے۔

اپنے بیٹے کی جان جاتے دیکھ کر حمیدے کے ماں باپ دونوں دلہن کو گھر سے نکالنے پر تیار ہو گئے۔ مگر اب سوال یہ تھا کہ دلہن کو رات کے وقت نکالیں تو کس طرح، لوگ کیا کہیں گے؟

اس پر مولوی نے انھیں بہت عمدہ تجویز سجھائی۔ بولا۔ "یہ لڑکی اصل میں چڑیل ہے۔ اسے ہٹانے کا سب سے اچھا طریقہ یہ ہے کہ اسے لکڑی کے ایک صندوق میں بند کر کے نالے میں بہا دو تم لوگوں کی جان خود بخود بچ جائے گی اور یہ چڑیل بھی یہاں سے دفع ہو جائے گی۔

"حمیدا بہت رویا دھویا۔ گڑگڑایا۔ سر دیوار سے مارا مگر اس کی کسی نے ایک نہ سنی

انھوں نے لڑکی کو رسی سے باندھ کر لکڑی کے ایک صندوق میں بند کر کے نالے میں بہا دیا۔

مولوی تجویز سمجھا کر وہاں سے رخصت ہو گیا۔ اس کا گھر گاؤں سے باہر دور نالے کے نیچے واقع تھا۔ اُس نے اندازہ کر لیا تھا کہ کتنی دیر میں لکڑی کا صندوق نالے میں بہتا بہتا اس کے گھر کے قریب پہنچے گا۔ وہ اس وقت وہاں پر اپنے چند قابلِ بھروسہ دوستوں کے ساتھ نالے کے کنارے موجود رہے گا اور لکڑی کے صندوق کو نالے سے نکال لائے گا اور پھر اسی رات وہ اس کشمیری حسینہ کو اپنی زوجیت میں لے آئے گا۔ اس نے گھر والوں کو بھی اس امر کے لئے تیار کر لیا۔ اُن سے کہہ دیا کہ اسے خواب میں ایک ولی اللہ نے بتایا ہے کہ آج رات اس کے لئے تیسری دُلہن بھیجی جائے گی۔ جسے اسے اپنی زوجیت میں لینا ہوگا۔ یہ خواب سُننے کے بعد اس کی پہلی دو بیویوں کو 'ناں' کرنے کی جرأت نہ ہوئی۔ مولوی دھڑکتے ہوئے دل سے اپنے دوستوں کو لے کر نالے پر چلا گیا۔ اور صندوق کے آنے کا انتظار کرنے لگا۔

کیسی شبِ عروسی بے چاری دُلہن کے لئے آئی تھی۔ اس کا اسے خواب میں بھی یقین نہ تھا کہ اب وہ بچ سکے گی۔ مگر جسے خُدا رکھے اسے کون چکھے۔ کرنا خدا کا یہ ہوا کہ یہ صندوق بہتا بہتا لہروں میں ڈولتا۔ پتھروں سے ٹکراتے راستے میں مولوی کے گھر سے بہت پہلے ایک جگہ کنارے پر آ کے رُک گیا۔ جہاں دو مسافروں نے ایک درخت کے نیچے پڑاؤ ڈال رکھا تھا۔ ایک کا نام قادر تھا اور دوسرے کا نام بیگ اور یہ دونوں بھالو کا تماشہ دکھا کر گاؤں گاؤں گھومتے تھے اور اپنا پیٹ پالتے تھے۔

کنارے پر صندوق کو رُکتے دیکھ کر قادر اور بیگ دونوں کو تعجب ہوا پہلے تو دونوں ڈرے۔

"دیکھ قادر وہ کیا ہے؟" بیگ بولا۔

"مجھے تو لکڑی کا صندوق معلوم ہوتا ہے۔؟" قادر نے جواب دیا۔

"اس کو کھینچ کر یہاں لے آئیں؟" بیگ نے پوچھا۔

"کیا معلوم اس کے اندر کیا ہو۔ کوئی جن یا بلا بند ہو۔ رات کا وقت ہے۔" قادر نے اپنا شُبہ ظاہر کیا۔

"میرے گلے میں اپنے مولوی حبیب صاحب کا تعویذ ہے۔" بیگ بولا۔ "مجھ پہ کسی بلا کا اثر نہیں ہو سکتا۔ آؤ صندوق کھول کر دیکھیں اس کے اندر کیا ہے۔ ممکن ہے اشرفیوں سے بھرا صندوق ہو۔ اپنی قسمت کُھل جائے۔"

دونوں نے لاکھ جتن کر کے صندوق کھولا۔ رسیوں سے لڑکی کو آزاد کیا۔ دیکھ کے حیران ہوئے۔ یہ ماجرا کیا ہے۔ یہ لڑکی اس صندوق میں بند کیوں ہے؟ پھر ایسی دلربا ماہ پارا کہ جسے دیکھتے ہی آنکھ جھپک جائے ... نظر نہ ٹکے۔ کیا حُسن ہے کیا ادا ہے؟

"تم کون ہو ___؟" قادر نے پُوچھا۔

لڑکی ڈر کے رونے لگی۔

تب بیگ نے اسے دلاسہ دیا۔ بولا۔ "گھبراؤ نہیں۔ ہم ریچھ والے غریب آدمی ہیں۔ ہم تم سے کوئی بُرا سلوک نہیں کریں گے۔ تم اپنا احوال بتاؤ۔"

تب لڑکی نے ڈرتے ڈرتے ساری بات بتائی۔ اپنی شادی۔ مولوی کی بدمعاشی۔ بکسے میں بند ہونا۔ وہ ہوس بھری نگاہیں جن سے مولوی اسے تاڑ رہا تھا۔ زیناں نے سب کچھ سچ سچ بتا دیا۔

قادر اور بیگ نے سوچ سوچ کے زیناں سے کہا۔ "تُم گھبراؤ نہیں۔ ہم تم کو اپنی بہن سمجھتے ہیں۔ ہم حمیدے چرواہے کو جانتے ہیں اور اس کے ماں باپ کو بھی۔ اور مولوی کی کرتوتوں کا بھی ہم کو علم ہے۔ ہم مولوی کو سزا دیں گے۔ پس دیکھتی جاؤ۔"

زیناں کی جان میں جان آئی۔

قادر اور بیگ نے اسے پیڑ کے پیچھے بٹھایا۔ اپنے بھالو کی رسّی کھولی اور اسے اس لڑکی کے صندوق میں بند ہو جانے کا اشارہ کیا جس میں لڑکی تیر کر آئی تھی۔ جب بھالو

صندوق میں بیٹھ گیا تو قادر اور بیگ نے صندوق کا ڈھکنا اُوپر سے بند کر دیا اور صندوق کو نالے میں بہا دیا۔

اُدھر اپنے گھر کے نالے کے کنارے مولوی بے قراری سے چکر لگا رہا تھا اور بار بار مشعلیں جلا جلا کر رات کے اندھیرے میں نالے میں بہتے ہوئے صندوق کو تلاش کرتا تھا اور سوچتا تھا یہ صندوق کمبخت آج راستے میں کدھر رہ گیا۔

آخر وہ صندوق بہتا بہتا مولوی کے گھر کے کنارے کے قریب نظر آیا تو مولوی نے پانی میں چھلانگ لگا دی اور اپنے دونوں دوستوں کی مدد سے صندوق کو باہر نکال کر اپنے گھر لے آیا اپنے کمرے میں لا کر اس نے اپنے دوستوں کو رخصت کیا۔ اور اپنے کمرے کے دروازے کی کنڈی اندر سے بند کر کے اس نے دھڑکتے دل اور پُر شوق جذبوں سے کانپتے ہوئے اس صندوق کا ڈھکنا کھولا۔

ڈھکنا کھولتے ہی اس میں سے بھالو غراتے ہوئے نکلا اور مولوی پر جھپٹ پڑا۔ جولی زور زور سے ہنسنے لگی۔ ہنستے ہنستے اس نے اپنا پیٹ پکڑ لیا۔

کنول بولا۔" ایک عرصے سے آدمیوں نے ریچھ کی ناک میں نکیل ڈال رکھی تھی۔ آج ریچھ ذرا آزاد ہوا تھا۔ اب وہ گِن گِن کے بدلے لے گا۔ اس نے مولوی کو دبوچ لیا۔ مولوی زور زور سے چلانے لگا۔ سارا گاؤں جمع ہو گیا۔

"بس۔ بس......، جولی ہنستے ہنستے بولی " آگے مت سُناؤ۔

"سارے گاؤں والوں کو مولوی کی کرتوت کا علم ہو گیا " کنول بولا۔" حمیدے کو زیناں واپس مل گئی "

" ہا ہا ہا " جولی آگے ہنسنے پر تیار نہ تھی۔ منہ پر ہات رکھ کر بولی۔" مگر یہ بتاؤ۔ ریچھ نے مولوی کے سنگ کیا کیا؟"

" بتاؤں ؟ " کنول نے دونوں ہات آگے بڑھا کر جولی کے سارے جسم کو اپنے

جسم میں دبوچ لیا۔

"آں کنول اب نہیں ۔ نہیں ......

اب وہ دونوں تھک ہار کر لیٹے ہوئے تھے ۔جولی اپنی دو انگلیوں سے اس کے کان کی لَو کو آہستہ سے کھینچ کھینچ کر دھیمی دھیمی سرگوشیوں میں کہہ رہی تھی ۔

"میرے بھالو ..... میرے بھالو .... "

کنول نے کروٹ بدلی اور جولی کی بانہہ کا تکیہ بنا کے سو گیا۔

۹۳

جاڑوں کے دن تھے۔ پہلے بڑے بڑے اولے پڑے۔ پھر چھوٹے چھوٹے آخر میں کنکریوں ایسے اولے گرنے لگے پھر بارش آگئی اور بارش کے ساتھ دھند۔ اور بار کا کہستانی پس منظر بادلوں میں ڈھک گیا۔ سردی بھی بڑھ گئی تھی۔ اسی تناسب سے ڈرنک کے آرڈر بڑھ گئے تھے۔

ہم لوگ جن اور لائم پی رہے تھے یعنی میں اور سوم ناتھ زتشی اور جولی۔ مائیکل صرف جن پی رہا تھا۔ اسے شراب میں مٹھاس یا کھٹاس پسند نہ تھی۔ جن سے ایک خاص طرح کی ہیک سی آتی ہے۔ جو مثال کے طور پر دودھ میں نہیں ہوتی۔ میں اس ہیک کو دُور کرنے کے لئے خالص جن کے بجائے گملٹ زیادہ پسند کرتا ہوں۔

وہ سویڈیش لڑکی ایک کونے میں اپنی اسکیچ بُک کھولے کچھ اسکیچ کر رہی تھی۔ یکایک وہ اپنی جگہ سے اُٹھی اور ہمارے ٹیبل پر آکے سیدھے جولی سے مخاطب ہو کے کہنے لگی۔

"میں زنگر ڈ ہوں۔ اسٹاک ہوم میں رہتی ہوں۔"

جولی نے کہا۔ "میں جولی ہوں۔ جولی سکسینہ۔ یہ میرے شوہر ہیں کنول سکسینہ یہ سوم ناتھ زتشی یہ مائیکل پارکنسن امریکی مصنف ہے۔"

رنگرڈ بولی۔ "میں تمھاری تصویر بنانا چاہتی ہوں۔ اگر کوئی اعتراض نہ ہو۔ تو میری ٹیبل پر آجاؤ۔"

جولی رنگرڈ کے ساتھ اس کے ٹیبل پر چلی گئی۔ ان کے ٹیبل سے پرے اس امریکی کا ٹیبل تھا جس کے سنگ ناچنے سے جولی نے انکار کر دیا تھا۔ نیگرو لڑکی میگی اس کے ساتھ بیٹھی ہوئی تھی۔ اس نے نیلے رنگ کا اونی سوئٹر پہن رکھا تھا۔ اور اس کے نیچے گہرے نیلے رنگ کا لہریے دار اسکرٹ۔ میگی کی ٹانگیں بیحد سڈول تھیں اور کسے ہوئے نیلے جمپر میں اس کی چھاتیوں کے نکیلے ابھار بیحد نمایاں تھے اور وہ جب گفتگو کرتے ہوئے اپنے سینے کو لچکاتی تو اس کے سینے کی وادیاں گھاٹیوں میں تبدیل ہو جاتی تھیں۔

مائیکل مارکنسن سوم ناتھ زتشی سے مخاطب ہو کر بولا۔ "بامبے ہورائزن میں آج صبح میں نے تمھاری کہانی کا انگریزی ترجمہ پڑھا۔ ترجمہ بہت اچھا ہے اور کہانی بھی اچھی ہے، مجھے معلوم نہیں تھا۔ تم افسانے بھی لکھتے ہو۔ میں تمہیں صرف ایک وکیل سمجھتا تھا۔"

"وکالت تو میرا پیشہ ہے۔" زتشی بولا "لیکن ادب میری ہابی ہے۔ دراصل میں ادیب بننا چاہتا ہوں۔"

"تو کیوں نہیں بنتے۔ ہمارے ملک میں اچھے ادیب کی بڑی عزت اور وقعت ہے۔"

"بن تو گیا۔" زتشی بولا۔ "میں اپنی مادری زبان کشمیری ہی لکھتا ہوں۔ لیکن میرے افسانے اور ناول ترجمہ ہو کر ہندوستان کی دوسری زبانوں تک پہنچ جاتے ہیں اور بہت داد پاتے ہیں۔

"تب تو تم ایک اچھے اور مشہور ادیب ہو گے؟"

"ہاں ایسا ہی سمجھا جاتا ہوں۔"

"تو پھر وکالت چھوڑ کیوں نہیں دیتے اپنی زندگی کو دو خانوں میں کیوں بانٹ رکھا ہے ۔ وکالت چھوڑ دو ۔ اپنی ساری زندگی ادب کے لئے وقف کر دو ۔ جیسے میں نے کر رکھی ہے ۔

"یہاں کے حالات دوسرے ہیں" زنتشی نے گھٹے ہوئے لہجے میں کہا۔

چند ثانئے چُپ رہنے کے بعد پوچھنے لگا۔ تمہیں "ہاڈر اور بلائیٹن" نے اس کتاب کے لئے کیا دیا ہے ؟"

"اب تک پچاس ہزار ڈالر دے چکے ہیں" مائیکل بولا ۔ دو سال سے میں ہندوستان میں ہوں ۔ انھوں نے مجھے کمیشن کیا ہے کہ میں بدلتی ہوئی ہندوستانی تہذیب پر ایک تفصیلی کتاب لکھوں ۔ اس کے علاوہ میں ایک ناول بھی لکھ رہا ہوں"

دونوں کتابیں ساتھ ساتھ چل رہی ہیں ؟" زنتشی نے پوچھا ۔

"ہاں بھی اور نہیں بھی"

"یہ کیسا جواب ہے"

"صحیح جواب ہے ۔ ناول تو میں لکھ رہا ہوں ۔ بدلتی ہوئی ہندی تہذیب کے نوٹس لے رہا ہوں ۔ یہ کتاب میں امریکہ جا کے لکھوں گا ۔ ایک سال لکھنے میں لوں گا ۔

""اور ناول ـــ ؟"

"ناول تو اس سال مکمل ہو جائے گا"

"ناول کا موضوع کیا ہے ؟" میں نے پوچھا ۔

"ایک باپ ہے اپنی حقیقی بیٹی سے عشق کرتا ہے"

"کیا ایسا کرنا ممکن ہے ۔ زنتشی نے حیرت سے پوچھا ۔

میں نے کہا ۔" میں جب لندن کے ہاسپٹل میں ڈاکٹر تھا ۔ ایسے کئی کیس ہمارے ہاں آئے ۔ اسقاط کے لئے ۔ لڑکیوں نے خود اقبال کیا"

"چھی چھی۔" زنتشی غصے سے بولا۔ "موضوع عجیب و غریب ہے۔ گندہ بھی ہے۔ ابنارمل کہنا چاہیئے۔

"ادب میں نارمل بات کا مزا کیا؟" مائیکل مسکرا کر بولا۔

"نیبوکوف نے گیارہ بارہ سال کی نابالغ لڑکی لولیتا کا قصہ لکھا۔ دیکھو کتنا مقبول ہوا۔ لاکھوں کی تعداد میں کتاب بک گئی۔ سیدھے سادے رومانس کو کون پسند کرتا ہے۔ یہ رومانس تو ہر گلی کے نکڑ پر دکھائی دے جاتا ہے۔ لوگ کوئی عجیب و غریب چیز چاہتے ہیں اور وہ بھی سیکس میں۔ موراویا نے ایک باپ اور اس کی سوتیلی بیٹی کے عشق کی داستان قلمبند کی۔

"ہاں۔" میں نے کہا۔ "تم شاید The lie کا ذکر کر رہے ہو۔"

مائیکل نے اثبات میں سر ہلایا۔ "وہ قصہ بھی بہت مقبول رہا مگر میرا ناول تو اس سے بھی بازی لے جائے گا۔ تمہیں معلوم ہے مجھے اس کا کتنا معاوضہ ملے گا؟"

زنتشی نے سر ہلایا۔ "نہیں!"

مائیکل بولا۔ "اب کے لائبریری ایڈیشن اور پاکٹ بک ایڈیشن اور فلمی حقوق اور ٹیلی وژن کے حقوق سب کی مالیت ملا کر مجھے کل بیالیس لاکھ روپیہ ملے گا۔"

"بیالیس لاکھ ——؟ ایک کتاب کے لئے!"

"اور یہ کچھ نہیں ہے۔ میں دوسرے درجے کا ادیب سمجھا جاتا ہوں۔ صفِ اوّل کے ادیبوں کو اس سے دگنا بلکہ سہ گنا معاوضہ ملتا ہے۔ گورو ڈال کو میں اپنی ہی طرح کا ادیب سمجھتا ہوں۔ اسے اس کے ناول مایا میکر سیرج کے اب تک ساٹھ لاکھ روپے سے زیادہ معاوضہ مل چکا ہوگا میں سمجھتا ہوں۔"

"حالانکہ دو سو صفحے سے کم کی کتاب ہے۔ اور اس کا موضوع وہی ہے —— جو عصمت چغتائی کے لحاف کا ہے۔" زنتشی بولا۔ "اور اگر ایمان کی کہی جائے تو عصمت چغتائی

کا افسانہ لحاف گوروڈال کے ناول پر بھاری ہے۔ مگر میں سمجھتا ہوں عصمت چغتائی کو اس کے افسانے پر سو روپے بھی مشکل سے ملے ہوں گے۔"

"بس سو روپے؟" مائیکل نے حیرت سے سر ہلایا۔

"میرے خیال میں تو کچھ بھی نہ ملا ہوگا" زتشی نے زود رنج ہو کے کہا۔ کیونکہ جس زمانے میں عصمت نے لحاف لکھا تھا۔ اس زمانے میں افسانے پر معاوضہ دینے کی روایت ابھی شروع نہیں ہوئی تھی۔ بس گزشتہ دس سال سے افسانوں پر معاوضہ ملنے لگا ہے۔ وہ بھی ہر رسالہ نہیں دے سکتا۔ صرف چند تجارتی رسالے جو نیم ادبی نیم فلمی ہوتے ہیں کسی قدر معاوضہ ادا کر سکتے ہیں۔ ورنہ جہاں تک ادبی رسالوں کا تعلق ہے ان کا ہر ماہ جینا اور جیتے جانا ہی ایک معجزہ ہے۔"

"پھر بھی زیادہ سے زیادہ معاوضہ کیا ملتا ہے؟"

"مجھے تو تیس روپے ایک افسانے کے ملتے ہیں۔ بہت ہوا تو پچاس۔ انگریزی سے البتہ سو روپیہ کے قریب مل جاتے ہیں۔ کیوں کہ انگریزی ادب اور صحافت کے معاوضے کا معیار دوسری ہندوستانی زبانوں کے زبانوں کے مقابلے میں کچھ زیادہ ہی ہے۔ مگر میں جیسا کہ میں نے کہا دوسرے درجے کا ادیب ہوں۔ لیکن جن ادیبوں کا شمار صف اول میں ہوتا ہے۔ انھیں بھی ہندستانی زبانوں سے ایک افسانے کے سو ڈیڑھ سو سے زیادہ نہیں ملتے۔ انگریزی میں سب سے زیادہ معاوضہ ایک آرٹیکل یا افسانے کا تین سو روپے ہیں۔ یہ گویا حاتم طائی کی قبر پر لات مارنے کے مترادف ہے۔

"تم ایک سال میں کتنے افسانے لکھ لیتے ہو۔

"مہینے میں ایک یا ڈیڑھ افسانے کا اوسط ہے۔ اس اعتبار سے مہینے میں افسانوں سے پچھتر روپے کی آمدنی ہوتی ہے۔"

"اور ناول؟"

"ناول آج کل ہمارے ہاں بہت مقبول ہو رہا ہے۔ مگر مقبولیت کا یہ عالم ہے کہ کوئی ناول لائبریری ایڈیشن میں پانچ ہزار سے زیادہ چھپ نہیں سکتا۔ عام طور پر ایک ہزار یا دو ہزار کا ایڈیشن نکلتا ہے اور چار سال میں بکتا ہے۔ یعنی اگر بہت اچھا لکھا گیا ہو۔ ورنہ سات آٹھ سال میں ایک ایڈیشن فروخت ہوتا ہے اور اس پر بھی بہت سے لوگ اس غلط فہمی میں مبتلا ہیں کہ آج کل صف اوّل کے ادیب ادب سے لاکھوں روپے کما رہے ہیں۔ حالانکہ حقیقت یہ ہے کہ ادب سے جو کماتا ہے اس سے وہ اپنے بال بچوں کا تو کیا اپنا پیٹ بھی نہیں بھر سکتا۔"

"ابی اس سے تو ایک چڑیا کا پیٹ بھی نہیں بھر سکتا۔" مائیکل ہنس کر بولا۔

"تو گویا آپ لوگ اس حالت میں ہیں جہاں ہم سو سال پہلے تھے۔"

"اس میں کیا شبہ ہے!" زتشی بیزار ہو کے بولا۔ "اسی لئے جو لوگ صرف ادب پر قناعت کرتے ہیں۔ بالآخر بھوکے مرتے ہیں۔ بمبئی میں ایک ادیب تھا۔ نام نہ لوں گا بیچارے کا انتقال ہو گیا اس کے پاس رہنے کو کوئی جگہ نہ تھی قبرستان میں رہتا تھا۔

نو۔ نو مائیکل نے حیرت سے سر ہلایا۔

"یس یس۔" زتشی غصے سے بولا۔

میں ایک اور ادیب کو جانتا ہوں جو افسانے لکھ لکھ کر بھوک اور بے روزگاری سے اندھا ہو گیا۔ کبھی کبھی ہم لوگ اس کی مدد کر دیتے ہیں۔ مگر اب اس کی آنکھیں اس کو تو نہیں مل سکتیں۔ ابھی حال ہی میں ایک بہت اچھے شاعر کا کینسر سے انتقال ہو گیا جی تو بہت چاہتا تھا کہ اسے اس کے علاج کے لئے یورپ یا امریکہ بھیج دیں تاکہ اس کا اچھا علاج ہو سکتا۔ مگر روپیہ کہاں سے لاتے۔

میں نے کہا۔ "زتشی یہ مت بھولو کہ ہندوستان ایک غریب ملک ہے۔"

"میں کب کہتا ہوں۔ امیر ہے۔ لیکن پھر بھی اس ملک میں ڈاکٹر، وکیل، انجینیر، سرکاری ملازم، کارخانے دار حتیٰ کہ کارخانے میں کام کرنے والے مزدوروں کے لئے بھی

ماہانہ روزی روٹی کا انتظام ہے۔ بونس ہے۔ بھتہ ہے۔ پراویڈنٹ فنڈ ہے۔ پنشن ہے۔ ادیب کے لئے کیا ہے۔ فاقہ! اس پر بھی کچھ سر پھرے لوگ اس مُلک میں ایسے موجود ہیں جو یہ کہتے ہیں کہ ادیبوں کو اپنے ادب کا معاوضہ روپے کی صُورت میں وصول نہ کرنا چاہئے زندگی کے ہر شعبے میں کام کرنے والے انسان کو اس کی محنت کا صلہ ملتا ہے۔ اور کوئی اس پر اعتراض نہیں کرتا۔ مگر ادیب؟ ناں صاحب ناں۔ اسے تو ہوا پر جینا چاہئے۔"

زتشی نے ایک لمبا گھونٹ لیا۔ آنکھیں بند کیں۔ ہونٹ بند کئے۔ پھر دوسرا گھونٹ لیا۔ آنکھیں کھولیں۔ ہونٹ کھولے اور بولا۔

"اسی لئے میں وکالت کرتا ہوں۔ اور فرصت کے اوقات میں ادبی شغل کرتا ہوں۔ اور جتنے بھی سمجھدار ادیب ہیں۔ اپنی روزی روٹی کے لئے ادب کے بجائے کوئی دوسرا دھندا اختیار کرنے پر مجبور ہیں۔ کوئی پروفیسر ہے تو کوئی وکیل۔ کوئی ڈاکٹر ہے تو کوئی انجینئر۔ کوئی سرکاری افسر ہے تو کوئی کسی فرم میں ملازم ہے۔ کوئی فلموں میں گانے لکھتا ہے۔ یا ڈائیلاگ، بہر حال صرف ادب پر قناعت کرکے کوئی ادیب زندہ نہیں رہ سکتا چاہے وہ صفِ اوّل کے ادیبوں میں سے پہلا ادیب ہی کیوں نہ ہو۔ ادب کے سہا کاری ادیب زندہ رہ سکتے ہیں جن کی کتابیں اسکولوں اور کالجوں کے نصاب میں شامل ہوسکتی ہیں۔"

"ایسا نصابی ادب کیا ہوگا۔؟" مائیکل بولا۔

"رس گلے کی طرح میٹھا اور بے ضرر ہوگا اور ہونا بھی چاہئے ورنہ نصاب میں شامل کیسے ہوسکے گا؟" زتشی طنزاً مُسکرایا۔" مگر جب تک ادب میں گہرا ریاض شامل نہ ہو دن رات اس پر محنت نہ کی جائے۔ ادیب جب تک صرف اس میں ڈوبا نہ رہے۔ ادب کو وہ رفعت کیسے حاصل ہوسکتی ہے جو مثال کے طور پر ٹالسٹائے کے وار اینڈ پیس کو حاصل ہے۔

"ٹالسٹائے ایک کاؤنٹ تھا" زتشی بولا۔ روپے کی اسے پرواہ نہ تھی کئی برس

اُس نے "وار اینڈ پیس" لکھنے میں صرف کر دیئے۔ سترہ دفعہ اس پر نظرِثانی کی۔ بالزاک کو بھی اتنے پیسے مل جاتے تھے رائیلٹی سے کہ اس نے پیرس میں اپنی محبوبہ کے لئے ایک محل تعمیر کیا تھا۔ شولوخوف کو بھی لکھنے کے لئے مکمل فراغت نصیب ہے۔ ہمنگ وے کے پاس پانچ ہوائی جہاز تھے۔ ذاتی۔ اور ابھی ایک انگریز خاتون کو اس کے ناول کا معاوضہ ایک لاکھ پاؤنڈ ملا ہے۔ ذرا سوچئے ایک لاکھ پاؤنڈ۔ میں گزشتہ سات سال سے ایک اہم موضوع کو لئے بیٹھا ہوں۔ جس پر میں ایک ناول لکھنا چاہتا ہوں مگر اس ناول کو لکھنے کے لئے مجھے کم سے کم تین سال چاہئیں۔ تین سال جن میں میں اور کوئی کام نہ کروں۔ سوچتا ہوں اگر تین سال ناول کو دے دوں تو بلاشبہ وہ ایک شاہکار ہوگا مگر پھر سوچتا ہوں ان تین برسوں میں اپنے بعد اپنا اور بیوی بچّوں کا پیٹ کیسے پالوں گا اس لئے ہر روز کچہری جاتا ہوں اور جب بھی فرصت ملتی ہے ایک آدھ افسانہ گھسیٹ دیتا ہوں۔" زتشی نے جام اُٹھایا اور ایک ہی ہلّے میں جام خالی کر دیا اور گلاس کو میز پر زور سے رکھ دیا۔

کنول نے کہا۔ "خفا ہونے کی بات تو اس قدر نہیں ہے۔ ہندوستان کی بدلتی ہوئی تہذیبی قدروں میں سے ایک صورتِ حال یہ بھی ہے گو بے حد کربناک ہے کہ ہمارے بدلتے ہوئے سماج نے اپنے ادیب کی اہمیت اور حیثیت کا احساس نہیں کیا ہے۔ لیکن سوچا جائے ابھی تو ہم نوآبادیاتی نظام سے نکل کے آئے ہیں۔ ابھی نیا معاشرہ بنا بھی نہیں ہے۔ انگریزوں کو کیا ضرورت تھی کہ وہ ہندوستانی ادب کی ترقی اور ترویج کے لئے کوشش کرتے۔ پھر ملک کے بہترین دماغوں کی کاوشیں آزادی حاصل کرنے میں صرف ہوگئیں۔ آزادی کے بعد جو سماج پیدا ہوا اس پر کارخانے والوں زمین داروں ٹھیکے داروں اور پرمٹ کوٹے لائسنس والوں کا قبضہ ہو گیا۔ ایسے ماحول میں ادب کیسے پنپ سکتا تھا۔ میں نہیں مانتا۔ ہندوستان کے سب سے بڑے اشاعتی اور اخباری ادارے کا سالانہ منافع تو کروڑ روپے ہے۔ کیا یہ لوگ اپنے ادیبوں کو اچھا معاوضہ

نہیں دے سکتے دوسرے نمبر پر جو صحافتی ادارہ آتا ہے اس کی آمدنی چھ کروڑ ہے اور تیسرے نمبر والے کا منافع چار کروڑ ہے ان لوگوں کے لئے اچھا معاوضہ ہرگز مشکل نہیں ہے کم سے کم اس حد تک تو دے سکتے ہیں جس حد تک یورپ کے چھوٹے ملک دیتے ہیں مگر دیں گے نہیں کیوں کہ ہندوستان میں ایک تصوری یہ بھی رائج ہے کہ ادیبوں کو ان کی شایانِ شان معاوضہ نہیں لینا چاہیئے۔ بلکہ بالکل ہی نہیں لینا چاہیئے مگر یہی بات ڈاکٹر۔ سائنس داں۔ انجینیر اور دوسرے دماغی پیشے والے انسانوں کے لئے روا نہیں رکھی جاتی۔ صرف ادیبوں ہی کو فاقہ زندگی کی تلقین کیوں کی جاتی ہے۔"

کنول بولا۔" میرے خیال میں ایک کوئی ایسا پیمانہ تو ہونا چاہیئے معاوضے کے معیار کا یعنی اوسط درجے کا امریکہ والا معیار اگر بے حد بلند ہے تو ہندوستانی معیار بیحد پست ہے۔ معاوضے کا ایک ایسا معیار تو ہونا ہی چاہیئے۔ جس سے ایک عام ادیب بھی اوسط درجے کی خوش حال زندگی گزار سکے ورنہ یہاں جو صورتِ حال ہے اس میں ایک خالص ادیب یعنی ایسے ادیب کی آمدنی پھر یہ بھی سوچو کہ ہندوستان میں پڑھے لکھوں کی تعداد کس قدر کم ہے اور اُن میں کتنے ایسے لوگ ہیں جو کتابیں خرید سکتے ہیں۔"

" یہ مت کہو" زنتشی نے بیزار ہو کے کہا۔ ہندوستان کی آبادی بہت بڑی ہے اس میں تیس فیصدی کے قریب پڑھے لکھے ہیں اور وہ لوگ کتابیں بھی خریدتے ہیں مگر اپنے ادیبوں کی نہیں۔ انگریزی زبان کی کتابیں خریدتے ہیں اور انگریزی ادیبوں کی۔ ابھی ان کے ذہن سے باہر کی غلامی کا خمار اترا نہیں ہے ورنہ مجھے وکالت کرنے کی ضرورت کیا تھی؟"

مائیکل نے زنتشی کے لئے ایک کملٹ اور آرڈر کی۔ زنتشی کہنے لگا میں تو ایک معمولی سا ادیب ہوں لیکن ایک دفعہ میری ایک کہانی چیکوسلواکیا میں چیک زبان میں چھپی تھی انھوں نے مجھے اس ایک کہانی کا ڈھائی ہزار روپیہ بھیجا تھا۔ چیکوسلواکیا کتنا چھوٹا سا ملک ہے کیا ہندوستان اس کے برابر بھی اپنے ادیبوں کو معاوضہ نہیں دے سکتا؟ جو ادب کے سوائے اور کوئی کام نہیں

کرتے ان کے لئے ریاست کیا کرتی ہے؟"

"کچھ کرنے کی ضرورت بھی نہیں ہے۔" اُمیش سکسینہ بھی ہم سب لوگوں کی گفتگو میں حصّہ لینے کی خاطر آن پہنچے تھے۔ ادیب ادب اور خالص ادب پیدا کرتا ہے۔ ملک اور قوم کی خدمت کا کام کرتا ہے۔ اسے اپنی تخلیق کا مول نہیں لگانا چاہیئے۔ جناب میں ایک دفعہ روس گیا تھا۔ وہاں میری ملاقات مشہور روسی ادیب بورس پولی وائی سے ہوئی۔ بورس پولی وائی کو تو آپ جانتے ہوں گے؟ اُمیش سکسینہ نے مائیکل کی طرف دیکھ کر استفسار کیا۔

"ہاں" مائیکل بولا۔" ذاتی تعارف تو نہیں ہے۔ لیکن میں نے اس کی کتاب The story of a real man پڑھی۔ اچھی کتاب ہے کچھ کچھ جیک لنڈن کا رنگ جھلکتا ہے۔"

"ہاں ہاں وہی بورس پولی وائی۔" میں نے اس سے پوچھا۔"میں آپ کی تحریر کا عاشق ہوں۔ لیکن The story of a real man کے بعد ایک عرصے سے آپ کی کوئی کتاب نہیں پڑھی۔" بورس پولی وائی نے جواب دیا۔

"اس کتاب کے اب تک اٹھارہ ایڈیشن چھپ چکے ہیں۔ اور آمدنی کا یہ حال ہے کہ اب تک صرف پہلے دو ایڈیشنوں کی رائیلٹی ختم کر سکا ہوں۔ آخر آدمی کتنا کھا پی سکتا ہے؟"

"ہاں یہ بات تو ٹھیک ہے۔" سوم ناتھ زتشی بولا۔

"اسی لئے میں کہتا ہوں۔" اُمیش بولا۔"کہ ادیبوں کو معاوضہ ضرور ملنا چاہیئے اور اچھا بھی ملنا چاہیئے۔ لیکن اتنا بھی نہیں جتنا بورس پولی وائی کو ملتا ہے کہ آگے لکھنے کے لئے تحریک بھی نہ ہو۔"

"یوں نہ کہو۔" مائیکل بولا۔"اس نے اس کے بعد بھی دو کتابیں لکھی ہیں گو ان میں وہ زور نہیں ہے جو اس کی پہلی کتاب میں ہے۔ پھر بھی شدتِ احساس کی کمی نہیں اور فنی قدروں پر بھی پوری اُترتی ہیں اور جہاں تک خرچنے کا تعلق ہے۔ ہمارے Lasvegas میں آجائیے۔ ایک ہی رات میں اٹھارہ اڈیشنوں کی آمدنی نہ خرچ کرادیں تو ہمارے ذمہ۔"

"سب ہنسنے لگے۔" نرتشی بولا۔ "کیا کیا جائے Lasvegas ایسے عظیم الشان
قمار خانے اور عریاں کیبرے روس میں نہیں ہوتے۔"

انگرڈ جولی سے باتیں بھی کرتی جاتی تھی اور اس کی تصویر بھی بناتی جا رہی تھی۔ کہہ رہی تھی
"تم نے بہت اچھا کیا جو کنول سے شادی کر لی۔"
"کس طرح سے اچھا کیا۔"
"میرا مطلب ہے۔ عورت کو جلد شادی کر لینی چاہیئے۔ میں اس معاملے میں کچھ پرانے خیال کی لڑکی ہوں۔ میرا خیال ہے کہ عورت کی دلکشی اور حُسن کے چند ہی سال ہوتے ہیں۔ پھر وہ جلد ہی مُرجھانے لگتی ہے۔"
جولی بولی۔ "لیکن یہی بات مرد کی جوانی کے بارے میں بھی کہی جا سکتی ہے۔"
"ایسا نہیں ہے۔" انگرڈ بولی۔ "مرد کی جنسی تخلیق کی مدت عورت سے دراز ہوتی ہے۔ تقریباً دُگنی۔ وہ بڑھاپے میں بھی بچہ پیدا کر سکتا ہے۔ عورت نہیں کر سکتی۔ عورت کو فطرت نے پھول کی طرح بنایا ہے۔ اسے اگر شادی کرنی ہے تو جلد کر لینی چاہیئے۔ ورنہ کیریر کو اپنانا چاہیئے۔"
"تمہاری شادی ہو چکی ہے؟" جولی نے پوچھا۔
"نہیں۔" انگرڈ بولی۔ "ہونے والی تھی۔ اس سے ایک بچہ بھی ہوا۔ لیکن بچہ تولد ہونے کے بعد میرا محبوب نیویارک بھاگ گیا۔"
"کہاں ہے وہ آج کل؟"
"گرین وچ گاؤں میں۔ باپ آرٹسٹ ہے۔ سُنا ہے وہاں بھی کسی لڑکی کے ساتھ ہے جو حاملہ ہو چکی ہے۔"

"تم نے اس کا پیچھا کیا ہوتا۔"

"میری غیرت نے گوارا نہیں کیا۔ پھر وہ دوسری لڑکی ——"

"لڑکیاں تو مردوں کی زندگی میں آتی رہتی ہیں۔ مرد کو تو شادی کے رِشتے سے باندھ کر رکھنا پڑتا ہے۔" جولی بولی۔

"کبھی کبھی یہ رسّی بھی ٹوٹ جاتی ہے۔" انگرڈ بولی۔ "جب اس کا دل ہی مجھ سے ہٹ گیا تو ——" وہ چُپ ہوگئی۔

بہت دیر تک دونوں چُپ رہیں۔ پھر جولی نے پُوچھا۔

"کیا تم اب بھی اس سے محبت کرتی ہو۔"

"ہاں۔" انگرڈ بے بسی سے بولی۔ "میرا باپ امیر آدمی ہے میں مُلکوں مُلکوں گھوم رہی ہوں۔ بہت سے دوست بھی بنا ڈالے اس عرصے میں۔ کئی مردوں کے ساتھ سو بھی چکی ہوں۔ مگر جانے کیا بات ہے۔ جو بات اس میں تھی وہ کسی میں نہیں۔ دوسرے مرد کی باہوں میں بھی مجھے اس کی باہیں یاد آتی ہیں۔ یہ ملک مُلک گھومنا دراصل ایک طریقہ ہے اسے بھلانے کا۔ مگر کچھ زیادہ کامیاب نہیں رہا۔

"تو اس کے پاس چلی کیوں نہیں جاتیں؟"

"وہ کیوں نہیں آجاتا میرے پاس؟ کبھی کبھی رات کی تنہائی میں مجھے محسوس ہوتا ہے جیسے میرے دل کی آواز اس تک پہنچ رہی ہے۔ کیا تم ٹیلی پیتھی میں یقین رکھتی ہو۔ میں رکھتی ہوں۔ مجھے ایسا لگتا ہے جیسے میری آواز اس تک پہنچ رہی ہے۔ ایک دن وہ میرے پاس لوٹ آئے گا۔"

"کیوں آئے گا وہ۔" جولی چلی۔ "جب تک اُسے نت نئی لڑکیاں ملتی رہیں گی وہ کیوں آئے گا مرد ویرائٹی کا بھوکا ہوتا ہے۔"

"اور عورت؟"

"عورت؟ ــــ عورت ایک بچے کی یا شاید ایک درجن بچوں کی۔ اس بارے میں وہ مجبور ہے۔ شاید فطرت نے اسے ایسا ہی بنایا ہے۔"

"تمہارے بچے کیوں نہیں ہوا؟" انگرڈ نے پوچھا۔

"ہوگا بھی نہیں۔" جولی نے سر ہلا کے کہا۔

"کیا تم چاہتی نہیں ہو کہ"

"چاہتی تو ہوں۔ مگر ڈاکٹروں نے کہا ہے۔ نہیں ہو سکتا۔" وہ چپ ہو گئی بالکل غیر جذباتی انداز میں اس نے کہا۔

"مگر آج کل کی عورت بھی تو ویرائٹی چاہتی ہے۔"

"آج کل کیا ہر ایک کی عورت کے دل میں بھی یہی چاہ رہی ہے۔ مگر اُسے موقع نہیں ملا۔ موقع ملتے ہی۔"

وہ دونوں ہنسنے لگیں۔

جولی بولی۔ "تمہارے خیال میں عصمت، عفت۔ پاکبازی کا تصور جھوٹا ہے؟"

"جھوٹا تو نہیں ہے.... کروڑوں عورتیں اس میں یقین رکھتی ہیں ان میں سے کتنی یہ یقین رکھنے پر مجبور ہیں۔ کئی ایسی ہیں جو واقعی سچے دل سے۔ ؟ میرے خیال میں ان کی تعداد بہت کم ہوگی۔"

"تمہارا کیا خیال ہے؟"

"میں ٹائم تھیوری میں یقین رکھتی ہوں۔" انگرڈ بولی۔ "اگر میرا محبوب پانچ سال میرے ساتھ رہتا تو اس کے بعد میں اس سے اوب جاتی۔"

"پانچ سال کیوں؟"

"مجھے ایک سویڈش ڈاکٹر نے بتایا تھا کہ شادی شدہ مرد اور عورت کے درمیان چاہت کی لہر دراصل دو متضاد برقی لہروں کا سنگم ہے۔ جس سے کشش پیدا ہوتی ہے اور یہ

کشش پانچ سال تک قائم رہتی ہے۔ اس کے بعد یہ کشش کم ہوجاتی ہے۔ دونوں متضاد برقی لہریں ایک دوسرے کو نیوٹرل کر دیتی ہیں۔"

"لیکن اس کے بعد بھی لاکھوں کروڑوں شادی شدہ جوڑے ایسے ہیں جو مسرت آمیز ازدواجی زندگی گزارتے ہیں۔"

"وہ ایک طرح کی مفاہمت ہوتی ہے۔ حالات کے ساتھ۔ بچوں کی وجہ سے۔ مالی مجبوریاں۔ ایک طرح کی عادت۔ سماج کا ڈر۔ مذہب کا خوف۔ بہت سی باتیں اس بندھن کو مضبوط رکھتی ہیں۔ مگر وہ برقی لہر پانچ سال کے بعد غائب ہوجاتی ہے۔"

"تو پھر تمھیں گلہ کیا ہے اپنے محبوب سے۔"

"یہی کہ وہ میرے ساتھ پانچ سال تک تو رہتا؟"

"ممکن ہے اس کی برقی لہر تمھارے لئے پہلے سال ہی میں نیوٹرل ہو چکی ہو۔"

"ہاں یہ بھی ہوسکتا ہے۔"

"پھر محبت کا کیا مطلب ہے؟ محض ایک برقی رو؟"

"مجھے نہیں معلوم!" انگرڈ نے آہستہ سے انکار میں سر ہلا دیا۔

جولی نے پوچھا۔ "تمھاری اس سیاحت کے دوران میں جیسا کہ تم نے کہا تم نے کئی مرد دوست بنائے کیا تمھیں وہی برقی لہر محسوس ہوتی تھی؟"

"ہاں۔ مگر اس شدت سے نہیں۔ کہیں پر کوئی خلا کا احساس رہا۔"

جولی نے کہا۔ "وہی خلا کا احساس محبت کے خلا کا احساس، شاید ہوسکتا ہے۔"

انگرڈ بولی۔ "کبھی کبھی میں اس کے بعد روئی بھی ہوں۔"

جولی نے ہمدردی سے انگرڈ کے ہات پر ہات رکھ دیا۔ دونوں دیر تک چپ رہیں۔ انگرڈ نے اسکیچ کرنا چھوڑ دیا تھا۔

جولی بولی۔ "شاید یہ کھو جانے کی حس ہو جو ہمیں اداس کر دیتی ہے۔ شاید ملکیت

کی جس سے مشابہ ہو۔ مجھے دیکھو۔ جب تک مجھے معلوم نہیں تھا کہ میرے بچہ نہیں ہوگا۔ مجھے بچوں سے کوئی دلچسپی نہیں رہی۔ میں نے ہمیشہ انھیں ایک طرح کی پریشانی سے تعبیر کیا۔ لیکن جب سے معلوم ہوا ہے کہ میرے بچہ نہیں ہوگا۔ مجھے بچے اچھے محسوس ہونے لگے ہیں۔ بڑی حسرت سے دوسروں کے بچوں کو دیکھتی ہوں۔ کبھی کبھی ان سے پیار بھی کرلیتی ہوں۔ ان کے سوئٹر بن دیتی ہوں۔"

"کیا یہ سوئٹر بھی کسی بچے کے لئے ہے۔"

یہ سب سے بڑے بچے کے لئے ہے۔ اپنے شوہر کنول کے لئے۔ کبھی کبھی میں سوچ لیتی ہوں کہ کنول بھی ایک بچہ ہے۔ دراصل جو چیز انسان سے کھوجاتی ہے یا اس کے ملنے کا امکان نہیں رہتا۔ اس کے لئے وہ اس قدر پریشان ہوتا ہے۔ اور اس پریشانی کو محبت کا نام دیتا ہے ممکن ہے اگر تمھارا محبوب تمھارے پاس رہتا تو اب تک تم اس سے اوب چکی ہوتیں۔"

"ہوسکتا ہے۔" انگرڈ ہنس کر بولی۔ "ممکن ہے اس کے چلے جانے سے کہیں میرے دل میں بے عزتی کا احساس رہا ہو۔ اور اس کو میں نے محبت سے تعبیر کرلیا ہو۔ اس کا علاج ایک ہی ہے۔

"کیا؟"

"گروپ میرج ہونی چاہیے۔" انگرڈ بولی۔ ہمارے سویڈن میں آج کل گروپ میرج کو بہت فروغ حاصل ہو رہا ہے۔ بہت سے لڑکے لڑکیاں آپس میں ایک گروپ کی طرح رہتے ہیں۔ کوئی کسی ایک کی بیوی نہیں۔ کوئی مرد کسی ایک کا خاوند نہیں۔"

"یہ تو بہت پرانا طریقہ ہے۔" جولی بولی۔ آج بھی کئی وحشی قبائلیوں میں یہ طریقہ باقی رہ گیا ہے۔ مگر میں اسے دقیانوسی سمجھتی ہوں گروپ کی شادی میں وہ Intimacy نہیں رہ سکتی جو دو کے درمیان پیدا ہوسکتی ہے۔ جب جنسی عمل دو تک محدود ہوجاتا ہے تو اس میں ایک عجیب طرح کی شدت پیدا ہوتی ہے۔ ایک دوسرے سے پیار کرتے وقت دو

ہونٹوں کا مخصوص خم، ماتھے کی رگ۔ کان کی لو کی مخصوص شکل تک پیاری معلوم ہوتی ہے۔ یہ شدت میں سمجھتی ہوں گروپ میرج میں کہاں پیدا ہوسکتی ہے۔"

"سوال یہ ہے۔" انگرڈ بولی۔ "کیا اچھا ہے Intimacy یا Diffusion گروپ میرج میں جو ڈی فیوژن پیدا ہوتا ہے۔ اس میں بھی کئی اچھائیاں ہیں بچے گروپ کی ذمہ داری ہوتے ہیں۔ مالی حالات بہتر ہو جاتے ہیں۔ سیکس کی جس ملکیت غائب ہو جاتی ہے۔"

"پھر محبت بھی تو باقی نہ رہتی ہوگی۔" جولی بولی۔

"ہاں۔ تم کسی گروپ سے محبت نہیں کر سکتیں۔ محبت کے لئے کسی ایک اور صرف کسی ایک کا ہونا ضروری ہے۔"

"صرف ایک کا ایک وقت میں! جولی۔"

"اور وقت بدلنے کے ساتھ۔"

"وقت اور حالات اور شدتِ احساس بدلنے کے ساتھ جذبہ بھی بدل سکتا ہے۔ ایسا میں سوچ سکتی ہوں۔" جولی بولی۔ "یہ مرد کے لئے بھی ممکن ہے اور عورت کے لئے بھی۔"

"مرد کے لئے زیادہ۔" انگرڈ بولی۔ "عورت کے لئے کم۔ اسے فطرت نے ٹھہرنے کے لئے بنایا ہے۔ مرد کو گھومنے کے لئے۔ عورت کو گھر بسانے کے لئے۔ بچوں کی سالہا سال پرورش کرنے کے لئے۔ اس کے لئے ایک جگہ ٹھہرنا۔ ایک پر قناعت کر لینا مرد کے مقابلے میں آسان ہے! شاید میں اسی کو محبت سمجھ بیٹھی ہوں۔"

لیکن یہ بھی ہوسکتا ہے کہ جنسی اعتبار سے تمہارا محبوب دوسرے ان مردوں کے مقابلے میں زیادہ پُرکشش رہا ہو جو تمہاری زندگی میں آئے ہیں۔

"ہوسکتا ہے۔" انگرڈ بولی۔

"ہوسکتا ہے۔ جب کوئی اس سے بہتر مرد تمہاری زندگی میں آئے تم اُسے بھول جاؤ۔"

"ہوسکتا ہے۔"

۱۰۹

"کیا میں آسکتا ہوں؟"

دونوں عورتوں نے مڑکر دیکھا۔ یہ ڈیوڈ گوڈز چائیلڈ تھا میگی کا منگیتر۔

وہ قریب آ کے مودبانہ جھکا۔ مگر اس کے چہرے پر ایک عجب طنزیہ تبسم تھا۔ اس نے دلی کو مخاطب کر کے کہا۔" جب آپ نے میرے ساتھ ڈانس کرنے سے انکار کر دیا۔ اس وقت مجھے معلوم نہ تھا کہ آپ لنگڑی ہیں اور اس لئے آپ ڈانس نہیں کرسکتیں۔ میں غصّے میں تھا اور اسی لئے آپ کو لنگڑا کر چلتے دیکھ کر میں ہنسا تھا۔ مگر بعد میں میگی نے مجھے سمجھایا تو مجھے اپنی غلطی کا احساس ہوا کہ مجھے آپ کے لنگ پر ہنسنے کا کوئی حق نہ تھا کوئی بھی لنگڑی عورت قابلِ معافی ہے۔"

اس نے معافی مانگتے ہوئے اتنی بار جولی کو لنگڑی کہا کہ جولی کو غصہ آگیا اسے یقین ہو گیا کہ وہ معافی کی آڑ میں اس پر چوٹ کر رہا تھا اور پھر اس کے لنگ کا مذاق اڑا رہا تھا۔ جولی کچھ بولی نہیں مگر اس کی آنکھوں میں آنسو آ گئے اور جب وہ ایک دفعہ پھر مودبانہ جھک کر واپس چلا گیا۔ تو انگرڈ نے غصّے سے کہا۔

"بدتمیز آدمی ہے۔ تم نے اسے چانٹا مار دیا ہوتا۔"

جولی کے سینے کا زیروبم کہے دیتا تھا کہ وہ اپنی سسکیوں پر قابو پانے کی کوشش کر رہی ہے اس کی آنکھیں آنسوؤں سے ڈبڈبا آئیں مگر ہمت کر کے وہ اپنے آنسو پی گئی۔

رات کو سوتے وقت جولی نے کنول کے گلے میں باہنیں ڈال کے کہا۔

"میری ایک بات پوری کرو گے؟"

"کہو۔"

"پہلے وعدہ کرو۔"

"معلوم ہو جائے تو وعدہ کروں۔"

"نہیں پہلے وعدہ کرنا ہوگا۔"

"مجھے ایک لمبا بوسہ دو تو بتاؤں۔"

جولی نے اپنے ہونٹ اس کے ہونٹوں سے ملا دیئے اور زبان سے زبان۔ اور زور سے اس کا لرزتا بدن کنول کے بدن سے لپٹ گیا۔ یہ بوسہ صرف ہونٹوں کا بوسہ نہیں تھا یہ ایک لمبا بوسہ تھا سر سے پاؤں تک لہراتا ہوا جیسے رات میں چاندنی پھیلے اور دو جام شراب سے بھر جائیں اور ساتھ ساتھ اُگنے والے دو پیڑوں کے سپید تنوں سے اوپر ہری ہری شاخوں کی ڈالیاں ایک دوسرے سے لپٹی ہوئی سورج کی کرنوں کے شال ایک دوسرے پر ڈال دیں اور یہ معلوم کرنا مشکل ہو جائے کہ یہ پتہ کس ٹہنی کا ہے اور یہ ٹہنی کس پیڑ کی ہے اور یہ کرن کس سورج کی ہے اور وقت کا یہ پگھلتا ہوا نرم گرم بلوریں لمحہ کہاں سے آیا ہے؟

یکایک وہ ایک دوسرے سے الگ ہوئے مگر برقی لہریں ان کے چاروں طرف گونج رہے تھے اور ان کے بدن نور کی پھواریں جیسے بھیگ چلے تھے۔ ذرا دیر دونوں لیٹے سدھ پڑے رہے۔ پھر جولی بولی۔

"اور اب؟"

"ہاں اب؟" کنول نے پوچھا۔

جولی نے اپنا سر جھٹک کر جیسے اس شیریں لمحے کو اپنے سے دور کرنا چاہا۔ پھر بولی۔

"میں چاہتی ہوں کہ تم میگی رشیلے سے محبت کرو۔"

کنول اک دم چونک گیا۔ چند لمحے حیرت سے جولی کی طرف دیکھتا رہا۔ پھر بولا۔

"تمھارا کیا مطلب؟"

"مطلب صاف ہے۔" میں ڈیوڈ گوڈز چائیلڈ کو زک دینا چاہتی ہوں اور زک دینے کے لئے اس سے بہتر طریقہ اور کوئی نہیں ہے کہ میگی تمھارے جال میں پھنس جائے۔ میں کوئی سچ مچ کی محبت تھوڑی چاہتی ہوں بس اتنا چاہتی ہوں کہ تم میگی سے التفات ظاہر کرو

وہ تمھاری طرف مائل ہوتی دکھائی دے تو اس ڈیوڈ گوڈز چائیلڈ کو جو تکلیف پہنچے گی اس سے مجھے بڑی راحت ملے گی۔"

"مگر تم ایسا کیوں چاہتی ہو۔"

"کیوں کہ اس نے آج پھر مجھے لنگڑی کہا اور بظاہر معافی مانگتے ہوئے تین چار بار لنگڑی نے کہا۔ میں اُسے چانٹا مار سکتی تھی۔ لیکن میں اسے اس سے بھی زیادہ اذیت پہنچانا چاہتی ہوں۔"

"تم مجھے بتاؤ میں اس کی ہڈی پسلی ایک کردوں گا۔"

"اس کی ہڈی ایک کرنے میں مجھے مزا نہیں آئے گا جو اس کی منگیتر کو دوسرے کے بازوؤں میں دیکھ کر ـــــ جس طرح سے وہ جلے گا اس سے میرا دل ٹھنڈا ہوگا۔"

"یہ اچھی بات نہیں۔" کنول بولا۔ "بعض اوقات مذاق مذاق میں جو بات شروع ہوتی ہے وہ کبھی اس قدر سنجیدہ رنگ اختیار کرلیتی ہے۔"

"تمھارا مطلب ہے کہ تم محبت کی ایکٹنگ کرتے کرتے کہیں سچ مچ میگی سے محبت نہ کرنے لگو۔"

"نہیں ـــــ مجھے اس کے ساتھ سونا بُرا نہیں لگے گا لیکن محبت نہیں کرسکوں گا۔"

"مگر میگی سے اُلفت جتانے کے بعد کہیں اگر میگی سچ مچ تجھ سے" ـــــ

تو اور بھی اچھا ہوگا!" جولی مسکرا کر بولی۔ "اس سے ڈیوڈ اور جلے گا۔ اور میں اس حرامی کو جلا کر خاک کردینا چاہتی ہوں۔"

"مگر یہ بھی تو ہوسکتا ہے۔" میں نے کہا کہ میگی میرے التفات کا جواب التفات سے نہ دے۔

"یہ ممکن نہیں ہے۔" جولی بولی۔

"تمھیں کیسے یقین ہے؟"

اس لئے کہ میں نے اس کی نگاہیں پڑھ لی ہیں۔ جس وقت تُم اس کے سنگ ناچ رہے تھے۔ جس طرح تمہاری باہنوں میں گھُل گئی تھی جس طرح وہ تمہاری آنکھوں میں آنکھیں ڈال کے دیکھ رہی تھی۔"

"ہوسکتا ہے تمہارا اندازہ غلط ہو۔" میں نے کہا۔

جولی بولی۔" ایسے معاملوں میں عورت غلطی نہیں کرتی۔ تُم ہاں کر دو۔ کہو۔ ہاں۔"

"ہاں۔" کنول نے دوبارہ اس کے ہونٹ چوم کر کہا۔" اور ایک بار پھر ہاں۔ تمھیں خوش کرنے کے لئے تو میں دُنیا بھر کی حسین عورتوں سے محبت کرسکتا ہوں۔"

"مگر یہ سب ہنسی مذاق میں ہوگا۔" جولی نے تنبیہی انداز میں کہا بجنیدگی کے ساتھ مگر مکمل جھوٹ کے ساتھ"..... جولی نے میرا کان کھینچ کر کہا۔

"اگر کہیں تم سچ مچ —— تو ——"

"تو کیوں؟"

"گلا گھونٹ ڈالوں گی!"

کنول ہنسنے لگا..... پھر بولا۔" میڈم گھبراؤ نہیں۔ کل ہی سے کام پر لگ جاتا ہوں۔"

۱۱۳

ڈیوڈ نے سکھ نوجوان کے ساتھ گاف کھیلنے کا پروگرام بنایا تو میگی بولی ۔ "تم جانتے ہو میں گاف سے سخت بور ہوتی ہوں ۔"

"تو تم کوئی دلچسپ سی کتاب پڑھو۔ کتابیں پڑھنا تمھارا کام ہے ۔ نفسیات پڑھاتی ہو۔"

"میں گل مرگ کتابیں پڑھنے نہیں آئی ۔" میگی نے ڈیوڈ کے ـــــــ طنز کو برداشت کرتے ہوئے کہا ۔

"تو پھر کیا کروگی ؟"

میگی نے عام اضطراب میں اپنی انگلیاں چٹخائیں ۔ پھر بولی ۔ "میرا خیال ہے میں گھوڑے پر ایک لمبی دوڑ لگا آتی ہوں ۔"

"کھلن مرگ تک ہو آؤ ۔" ڈیوڈ بولا ۔ "میں بھی جی بھر کے گاف کھیل سکوں گا ۔"

ہیرے نے جولی سے کہا ۔ "میں نے ابھی سن لیا ۔ میگی کھلن مرگ جا رہی ہے ۔"

"موقع اچھا ہے ۔" جولی مسکرا کر بولی ۔ "تم بھی ہو آؤ ۔"

میں نے کہا۔ ”اچھی طرح سے غور کرلو۔“

”کرلیا۔“ جولی دانت پیس کر بولی۔ ”میں اس حرامی ڈیوڈ کو زک دینا چاہتی ہوں۔“

”اور اگر میگی نے مجھے مُنہ نہ لگایا تو......“

”ناممکن ہے۔ میں تمھیں اچھی طرح جانتی ہوں۔ اگر تم کوشش کروگے۔“

”ہر عورت اپنے شوہر کے بارے میں اسی قسم کی خوش فہمی رکھتی ہے۔ بہر حال میں جاتا ہوں۔“

کنول نے بھی ایک عُمدہ سا گھوڑا لیا اور میگی کی مخالف سمت دوڑاتے ہوئے نکل گیا۔ دور جا کر اس نے باگ موڑی اور ایک دوسرے راستے سے میگی سے آن ملا۔ اس وقت میگی چڑھائی چڑھ رہی تھی اور دیواروں کی ایک لمبی قطار اس کے جسم پر سایہ فگن تھی۔

میگی نے فان رنگ کا سویٹر پہن رکھا تھا۔ جس میں سے کریم رنگ کے کھلے کالر ہوا میں اُڑتے نظر آتے تھے۔ اور گھوڑا دوڑاتے ہوئے اس کی چھاتیوں کا زیر و بم بہت واضح ہو جاتا تھا۔ اس نے میٹھا رنگ کی کارڈرائے مخمل کی جودھپوریہ پہن رکھی تھی جو اس پر بہت سجتی تھی اور جس سے اس کی پتلی کمر اور بھاری کولہوں کا ابھار نمایاں ہو چلا تھا کنول نے سوچا۔ اس نیگرو لڑکی سے تو سچ مچ عشق کیا جا سکتا تھا۔ جب دو نسلیں ملتی ہیں تو ایک عجیب کیفیت پیدا ہوتی ہے۔ میگی میں نیگرو قوم کی وحشی لچک اور مضبوطی اور جلد کی مخملیں نرمی آ گئی ہے تو دوسری طرف سفید قوم سے اس کا سفید رنگ آنکھوں کی نیلاہٹ اور پتلے ہونٹ آ گئے ہیں۔ لانبی گردن اور بھرپور چھاتیاں اسے نیگرو قوم نے دی ہیں تو کالے بالوں کا سیدھا پن سفید نسل نے عطا کیا ہے۔ میگی بے تحاشہ حسین اور جاذب نظر ہے۔

پھر وہ گھوڑا دوڑا کے آگے بڑھ کے میگی کے گھوڑے کے ساتھ ہولیا۔ میگی نے چونک کر اس کی طرف دیکھا تو کنول نے ہات ہلا کے کہا۔

"ہائی۔"

"ہائی"، وہ بھی ہات ہلا کے بولی۔

"کدھر جانے کا ارادہ ہے؟" کنول نے پوچھا۔

"کھلن مرگ!"

"چلو میں بھی اُدھر ہی چلتا ہوں۔"

"تو کیا تمھارا ارادہ کہیں اور جانے کا تھا؟" میگی نے پُوچھا۔

کنول بولا۔ "نہیں میں تو ایک لمبی سیر کو نکلا تھا۔ یہیں گل مرگ میں۔ مگر اب خوبصورت لڑکی کا ساتھ ہے تو کھلن مرگ تک ہو آتے ہیں۔"

کچھ عرصے تک دونوں گھوڑے ساتھ ساتھ چلتے رہے۔ کنول نے کہا۔

"تم بہت مشاق سے گھوڑا چلاتی ہو۔"

"ہاں مجھے اس کی عادت ہے۔ گھوڑے کی سواری مجھے پسند ہے۔"

اور تمھیں بھی۔؟" میگی نے پوچھا۔

"ہاں۔ مجھے بھی....." کنول نے جواب دیا۔ پھر پوچھا۔ "ڈیوڈ کیوں نہیں آیا؟"

"وہ آج لنچ تک گاف کھیلے گا۔ وہ گاف کے لئے دیوانہ ہے۔ اور میں اس کھیل کو برداشت نہیں کر سکتی۔"

"ایسی خوبصورت لڑکی کو اس نے اکیلے جانے دیا؟" کنول نے مسکرا کر کہا۔ میگی کے خوشنما دانت چمکے۔ کنول نے سوچا۔ یہ سپید خوشنما مضبوط دانت بھی نیگرو قوم نے اس لڑکی کو دیئے ہیں۔

سفید رنگ قوموں کے دانت اتنے اچھے نہیں ہوتے۔

میگی ہنس کر بولی۔ "میں اکیلی کہاں ہوں۔ میرے ساتھ بھی تو ایک ہینڈسم مرد ہے۔"

"شکریہ۔ کیا تمھیں ہندوستانی پسند ہیں۔"

"یہ بھی تو نہیں۔ مگر کوئی کوئی پسند آجاتا ہے عام طور پر ہندوستانی اجنبی لڑکیوں کے سامنے شرمیلے سے نظر آتے ہیں۔ اور مجھے.... اور مجھے....

کنول۔ "تمھیں شاید جرأت آمیزی پسند ہے۔"

"ہر لڑکی کو ہوتی ہے۔" میگی بولی اور عجیب طرح سے ہنسی۔ پھر پوچھنے لگی "اور تمھیں لڑکیوں میں کیا پسند ہے۔ شرم یا بے باکی؟"

کنول بولا۔ "دونوں۔ کبھی شرم۔ کبھی بے باکی۔ یہ اس بات پر منحصر ہے کہ وہ کہاں بیٹھی ہے ڈرائنگ روم میں یا بیڈروم میں؟"

میگی نے چونک کر کنول کی طرف دیکھا۔ پھر بولی۔ "پہلے تم مجھے احمق سے معلوم ہوئے اب معلوم ہوتا ہے۔ تم بہت تیز آدمی ہو۔"

"تیز تو نہیں ہوں" کنول بولا "ہاں اتنی بات ضرور ہے کہ خوبصورت لڑکی کو دیکھ کر میری گھگھی نہیں بندھ جاتی۔"

"تجربے کار مرد کی ایک پہچان یہ بھی ہوتی ہے۔" میگی ہنس کر بولی۔

دھوپ میں میگی کے بدن کا رنگ خوب چمک رہا تھا یہ سپید رنگت نہیں تھی۔ سُرخ بھی نہیں تھی۔ کالی یا سانولی بھی نہیں تھی۔ زیتونی بھی نہیں تھی۔ جیسی کہ اطالوی لڑکیوں کی ہوتی ہے بلکہ اک عجیب قسم کا کریم کلر تھا جس میں ہلکا سا لیمن رنگ جھلکتا تھا۔ کچھ صندلی اور زعفرانی رنگت کے بیچ کا رنگ جو رخساروں پر شہابی ہوجاتا تھا۔ جلد بے حد بے داغ اور صاف شفاف تھی۔ کنول غور سے اسے دیکھتا رہا۔ پھر یکایک دھوپ چلی گئی اور بادل گھر کر آنے لگے۔ پہلگام اور گل مرگ میں موسم اس قدر غیر متعین رہتا ہے۔ ابھی دھوپ ہے! ابھی چھاؤں۔ ابھی سُورج چمک رہا ہے اور اس کی تمازت جلد پر بُری طرح محسوس ہوتی ہے۔ ابھی بارش ہونے لگتی ہے۔ چنانچہ جب وہ چڑھائی کا ایک ہر چڑھ کے ایک سطح مرتفع پر پہنچے

تو ہلکی ہلکی بوندا باندی شروع ہو چکی تھی کنول کو جیولا جکل ڈیپارٹمنٹ کا بنگلہ ہمالیائی فر کے پیڑوں کے درمیان گھرا نظر آیا۔ اس نے میگی سے کہا۔ بارش زور پکڑ جائے گی ایسا دکھائی دیتا ہے۔ اگر اس بنگلے میں پناہ نہ ملی تو بھیگ جائیں گے۔

"چلو وہیں چلیں۔" میگی گھوڑا دوڑاتے ہوئے بولی۔

مگر بنگلے تک پہنچتے پہنچتے بارش کی بوچھار شروع ہو چکی تھی۔ میگی کا بلاؤز اور سوئٹر اس کے بدن سے چپک گیا تھا اور وہ بھیگی بھیگی بے حد متناسب معلوم ہو رہی تھی۔

بنگلے کا گیٹ کھول کر وہ دونوں گھوڑوں کی باگیں ہاتھ میں تھامے اندر گئے باہر برآمدے میں انھوں نے گھوڑے باندھے۔ برآمدے میں ایک مالی کھرپی لئے کھڑا تھا جو اس سے پہلے باغیچے میں کام کر رہا تھا۔ بارش دیکھ کر برآمدے میں آگیا تھا۔ اسے دیکھ کر کنول نے پوچھا۔

"صاحب کہاں ہیں؟"

"کون کول صاحب۔"

"ہاں کول صاحب۔"

"وہ نیچے گل مرگ گئے ہیں۔"

"تو بنگلہ تو کھولو۔ ہم باہر برآمدے میں کھڑے کھڑے بارش کی ترچھی بوچھار سے بھیگ جائیں گے۔ کول صاحب سے ملنے آئے تھے۔ جب تک وہ آئیں ان کا انتظار کرنا پڑے گا۔

مالی نے رعب میں آکر بنگلہ کھول دیا۔ دونوں اندر گھس گئے۔

دو کمرے آفس کے تھے۔ ایک ویٹنگ روم تھا۔ دوسرے ونگ میں ایک ڈرائنگ روم تھا۔ ڈرائنگ روم سے ملحق بیڈ روم تھا۔ اور ایک باتھ روم۔

میگی باتھ روم میں گھس گئی۔ گیلا سوئٹر اتار کے واپس آئی پھر سے ایک کرسی پر

پھیلا دیا۔ پھر بولی۔" میرے بلاؤز کا ہیک زپ گیلا ہو کے پھنس گیا ہے۔ کُھلتا نہیں ہے۔"

کنول نے کہا۔" میں کوشش کر کے دیکھتا ہوں۔"

بڑی مشکل سے اس نے زپ کھولا۔ میگی نے بلاؤز اتار کے اسے بھی سکھانے کے لئے دوسری کرسی پر ڈالا۔ اب وہ صرف برا پہنے تھی۔

کنول نے میز کی دراز دیکھی پھر ایک الماری کھولی۔ اس میں اسے وہسکی کی بوتل مل گئی اور چند گلاس۔ ایک تپائی پر پانی کا جگ رکھا تھا۔ اس نے دو گلاس میں وہسکی ڈالی۔ میگی کا بدن سردی سے کانپ رہا تھا۔ وہ غٹاغٹ پی گئی۔

بیڈ روم دیکھ کر بولی۔" آدمی خوش ذوق معلوم ہوتا ہے۔ تمھارا دوست ہے؟"

" میں تو اسے جانتا بھی نہیں۔"

" اگر وہ اس وقت آجائے۔"

" تو کیا ہوا۔ بارش میں بھیگے ہوئے جوڑے کو باہر تو نکال نہیں دے گا۔ زیادہ سے زیادہ وہسکی کے پیسے لے لے گا۔ میرے خیال میں خوش ذوق آدمی ہے نہیں لے گا۔"

" مجھے اور وہسکی دو۔" میگی بولی۔

" میرے خیال میں تم اُسے نیٹ پی جاؤ۔" کنول نے کہا۔

" نہیں تھوڑا سا پانی ڈال دو۔"

دوسرا پیگ پینے کے بعد میگی بولی۔" ہا۔ اب گرمی آئی ہے بدن میں۔"

کنول اس کے برا کی طرف اشارہ کرتے ہوئے بولا۔" یہ کر تمھیں یوں دیکھ سکوں گا۔ اس کی خواہش ضرور تھی۔ اُمید نہ تھی۔"

" کیسی لگتی ہوں؟"

" میری توقع سے زیادہ۔"

"میں گیلے کپڑوں سے بہت گھبراتی ہوں" میگی بولی۔ "مجھے دوبار نمونیا ہو چکا ہے۔"

"تم نے ٹھیک کیا۔ گیلا سوئٹر اور گیلا بلاؤز اُتار دیا۔ اب اس براکو بھی" میگی نے مُسکرا کر اپنی بھری بھری نکیلی چھاتیوں کو دیکھا۔ پھر شرما کر مُنہ پھیر لیا۔

کنول بولا۔ "مجھے معلوم نہ تھا۔ اتنی جلدی مجھے تم سے عشق کرنے کا موقع ہاتھ آجائے گا۔ حالانکہ آیا میں اسی ارادے سے تھا۔"

"کیا مطلب؟"

"یعنی ایک قسم کا جھوٹ موٹ عشق"

میگی پھر حیرت سے اس کی طرف دیکھنے لگی۔ مگر جب کنول نے اسے سب بات بتائی تو دھیرے دھیرے ہنسنے لگی۔

"عجب اتفاق ہے"

"کیا؟"

"میں بھی آج صبح کچھ اس طرح کی باتیں سوچ رہی تھی۔"

میں سوالیہ نگاہوں سے اس کی طرف دیکھنے لگا۔

میگی نے تشریح کی..... میں جولی کا غصہ سمجھ سکتی ہوں۔ ڈیوڈ میں ایک رگ ہے۔ طنزیہ حملہ کرنے کی۔ وہ کبھی اس سے نہیں چوکتا اور اسی لئے ہر جگہ اپنے دشمن بنا لیتا ہے مگر وہ اپنی عادت سے مجبور ہے جولی اگر اسے سبق سکھانے پر آمادہ ہوگئی تو کوئی عجیب بات نہ ہوئی عجیب بات تو کچھ اور ہے۔"

"وہ کیا؟"

آج صبح انگرڈ نے مجھے بتایا کہ کل رات کو کسی وقت کسی نے اس کے کمرے کا دروازہ کھٹکھٹایا تھا اور جب اس نے دروازہ کھولا تو باہر ڈیوڈ کھڑا تھا۔ شب خوابی کے لباس میں وہ انگرڈ کے کمرے میں آنا چاہتا تھا اور اس سے محبت کرنا چاہتا تھا۔

"ایسے ہی ؟" میں نے پوچھا۔

"نہیں کل رات ہم دونوں کچھ زیادہ پی گئے تھے۔ میں تو بے خبر سو گئی تھی۔ ممکن ہے ڈیوڈ نے ایسا کیا ہو کیوں کہ انگرڈ نے بتایا کہ ڈیو نے بے تحاشہ پی رکھی تھی۔

"پھر؟"

پھر کیا؟ انگرڈ نے منیجر کو بلانے کی دھمکی دی تو ڈیوڈ واپس چلا آیا۔ انگرڈ نے جلدی سے دروازہ بند کر لیا۔ مگر مجھے کچھ معلوم نہیں میں بے خبر سو رہی تھی۔

مجھے اتنا معلوم ہے کہ بہت رات گئے ڈیوڈ نے میرے پہلو میں آ کے مجھے جگانے اور مجھ سے پیار کرنے کی خواہش ظاہر کی۔ مگر مجھے بے حد نیند آ رہی تھی اس لئے میں نے اسے ڈانٹ دیا۔ صبح جب انگرڈ نے مجھے رات کا حال بتایا تو مجھے سخت غصہ آیا۔ میں ڈیوڈ کو سزا دینا چاہتی تھی۔ مگر کچھ سمجھ میں نہ آتا تھا کیسے؟ اس لئے یہی بہتر سمجھا کہ آج دن بھر اس سے دور رہوں گی مگر تم نے مجھے اس سے بہتر ترکیب سمجھا دی ہے۔

میگی زیر لب ہنسنے لگی۔

"تو ہم دونوں اس تجویز پر متفق ہیں؟ کنول نے پوچھا۔

"بلا شبہ۔"

"یعنی اس جھوٹ موٹ کے عشق کے مظاہرے پر!"

میگی کھلکھلا کے ہنس پڑی۔ بولی۔ "بہت مزا آئے گا۔ جب ڈیوڈ کے سامنے..... وہ بے تحاشہ مجھ سے محبت کرتا ہے۔ برداشت نہیں کر سکے گا۔"

"مگر انگرڈ؟"

"وہ بہت پی گیا تھا رات کو آپے میں نہ تھا۔ ایسے موقعوں پر سبھی مرد ایسا کر سکتے ہیں۔"

"تو آؤ۔ اس جھوٹ موٹ عشق کی ریہرسل کر لیں۔ کنول نے ایک انگلی اس کی لمبی

گردن کے خم پر پھیری پھر اس انگلی سے اس کی تھوڑی کو اونچا کیا۔

میگی نے مُنہ پھیر لیا۔ اور گردن جھٹک دی۔ گردن جھٹکنے سے سر کے بال ایک رخسار سے شانے تک کو ڈھانپتے چلے گئے۔ کنول نے اس کے بالوں کو رخسار سے ہٹا کر کہا۔

"مگر یہ سب جھوٹ ہوگا۔"

پھر اس نے میگی کے ہونٹوں کو چوما۔

اور یہ بوسہ بھی جھوٹ تھا۔

میگی کی سانس تیز تیز چلنے لگی۔ کنول نے اسے اپنی باہوں میں لے لیا۔

اور یہ باہوں کا عمل بھی جھوٹ ہے۔

جالی دار برا میں سے اس کی چھاتیوں کے کنول جھلک رہے تھے۔ کنول نے بھینچ کر میگی کو اپنے سینے سے لگا لیا۔

اور بولا۔ "یوں بغلگیر ہونا بھی جھوٹ ہے۔"

میگی اس کی باہوں سے نکل گئی۔ بولی۔ "یوں جھوٹ بولتے ہوئے کہیں سچ نہ ہو جائے۔ تم بہت خطرناک آدمی ہو۔ لاؤ وہ بلاؤز مجھے دو۔ شاید سوکھ گیا ہوگا۔

سوکھا تو نہ تھا مگر ہاں ایسا ہو گیا تھا کہ پہنا جا سکتا تھا۔ برا کے اوپر میگی نے اپنا بلاؤز پہن لیا۔ سوئٹر ہاتھ میں لے لیا کیوں کہ ابھی گیلا تھا۔ بولی۔ چلو باہر برآمدے میں چلیں۔ بنگلے کا مالک اگر آ جائے گا تو کیا کہے گا۔"

"اور وہ جھوٹ موٹ کی محبت؟"

"دیکھو شریر مت بنو۔" میگی بولی۔ "ڈیوڈ کیا یہاں موجود ہے؟ آج رات کو ڈانس پر تماشہ کریں گے۔ ایں؟"

"اچھا۔"

وہ دونوں جب باہر برآمدے میں آئے تو بارش تھم چکی تھی اور دھوپ نکلنے لگی

تھی۔ گھوڑوں کی باگیں کھول کر وہ دونوں سوار ہو گئے۔ کنول نے میگی کا سوئٹر اپنی گردن سے باندھ کر پیٹھ کے پیچھے لٹکا لیا۔ مالی سے کہنے لگا۔ "کول صاحب آئیں تو کہنا بٹ صاحب آئے تھے۔ سلام کہہ دینا۔"

کنول نے مالی کو دو روپے دیئے مالی خوش ہو گیا۔

میگی نے پوچھا۔" یہ بٹ صاحب کون ہیں۔"

"میں نہیں جانتا۔" کنول بولا۔" مگر ممکن ہے کول صاحب کے کوئی دوست بٹ صاحب ہوں اور اگر نہ بھی ہوئے تو یاد کرنے کی کوشش تو کریں گے کون بٹ صاحب آئے تھے۔"

وہ دونوں جب کھلن مرگ پہنچے تو دھوپ چھاؤں کا موسم تھا۔ گھوڑا دوڑاتے دوڑاتے میگی کا بلاؤز بالکل سوکھ گیا تھا اور سوئٹر بھی اس نے سوئٹر پھر سے پہن لیا پھر ان دونوں نے دو سلیج Sledge لے لئے اور دیر تک پھسلتے رہے۔ ایک دفعہ دونوں کے سلیج ٹکرا گئے اور وہ دونوں سلیج سے باہر نکل کر برف پر لوٹ پوٹ ہو گئے پھر دونوں بڑے مہذب طریقے سے ایک دوسرے سے معافی مانگ کر الگ ہوئے کیوں کہ کھلن مرگ پر آج کافی بھیڑ تھی۔

کوئی ساڑھے بارہ ایک بجے کے قریب میگی کو سخت بھوک لگ آئی۔ بولی "سخت غلطی کی سینڈ وچ تک ساتھ لے کے نہیں آئی۔ خیال تھا۔ جلد لوٹ جاؤں گی اور لنچ کے وقت واپس ہوٹل میں پہنچ جاؤں گی اور اب بھوک سے بُرا حال ہے۔

" دیکھو۔ کچھ بندوبست کرتے ہیں۔" کنول بولا۔ آج تمھیں ہندوستانی کھانا کھلاتے ہیں۔ کبھی کھایا ہے؟"

"نہیں۔"

ذرا نیچے ایک پنجابی کا ڈھابہ تھا۔ اس سے کنول نے گوبھی۔ مولی اور آلو کے پراٹھے تیار کرنے کو کہا۔ گرم گرم مصالحے دار پراٹھے جب بالائی والے دہی کے ساتھ میگی

نے کھائے تو زبان چٹخاتی رہ گئی۔ "ارے یہ تو بے حد لذیذ کھانا ہے۔ بے اختیار کہہ اُٹھی میں نے اور ڈیوڈ نے استنبول میں اس طرح کا ترکی کھانا کھایا تھا۔ پھر ایک دفعہ یونان میں مگر اس کا مزہ ہی کچھ اور ہے۔"

"اور اس دہی کی بالائی۔؟" کنول نے پوچھا۔

"تمھارے ہونٹوں کا سا مزا تھا اس میں۔" میگی نے شریر لہجے میں کنول کے کان میں کہا "تو ایک دفعہ پھر اس لذت کو حاصل کرنے کی کوشش کریں۔"

"شٹ اپ!" میگی تیکھی نگاہوں سے اسے دیکھ کر کہنے لگی۔ پھر اپنی اُنگلی کی ایک پور جس پر بالائی لگی تھی اپنے مُنہ میں لے کر اسے چوستے ہوئے بولی۔

"بے چارہ ڈیوڈ!"

"کیا تمھیں ڈیوڈ پر رحم آرہا ہے۔"

"مجھے سبھی مردوں پر رحم آتا ہے۔ بڑے بے وقوف ہوتے ہیں۔" میگی کھلکھلا کر ہنس پڑی۔

سہ پہر میں جب وہ دونوں گھوڑے دوڑاتے ہوئے ہل ٹاپ ہوٹل کے پورچ میں پہنچے تو کنول نے اپنے گھوڑے سے اُتر کر میگی کا گھوڑا تھاما اور میگی اس کے شانے کا سہارا لے کر نیچے اُتر آئی۔

بار کی بلوریں دیوار کے اُدھر ڈیوڈ بڑی بے چینی سے میگی کی طرف دیکھ رہا تھا۔ مگر میگی نے اس سے آنکھ نہیں ملائی۔ وہ دونوں، کنول اور میگی، شانے سے شانہ ملائے بار میں داخل ہوئے۔

جولی ایک کونے میں سوئٹر بن رہی تھی۔

"ہلو" میگی نے لاپروائی سے ڈیوڈ کی طرف دیکھ کر کہا۔ دن کیسے گزرا ڈیوڈ نے زیر لب گالی دی۔ میگی سُنی اَن سُنی کرگئی۔ بڑے پیار سے بولی۔ ڈارلنگ میں کنول سے

ہندوستانی اور نیگرو کلچر کی چند مشترکہ خصوصیات پر بحث کرنا چاہتی ہوں تمہیں دلچسپی ہو تو تم بھی شامل ہو سکتے ہو۔"

"جہنم میں جائیں دونوں کلچر۔" ڈیوڈ بڑبڑایا۔

میگی نے بڑی بشاشت سے کہا۔ "کنول معلوم ہوتا ہے۔ میرے نیگرو کو تمہارے کلچر سے کوئی دلچسپی نہیں۔ اس لئے آؤ کہیں اور بیٹھ کر بات کریں پھر نیم دائرے میں پھیلی ہوئی بار کے کنارے کنارے اُونچے اونچے اسٹول دیکھ کر بولی۔ "آؤ وہاں بیٹھ کر بحث شروع کریں۔"

ہم دونوں نے بار کے دو اُونچے اسٹول لے لئے اور ان کو ایک دوسرے کے قریب سرکا کر بیٹھ گئے۔

جولی کنکھیوں سے کبھی ہمیں اور کبھی ڈیوڈ کو دیکھ لیتی تھی اور ڈیوڈ کو دیکھ کر زیرِ لب مسکراتی تھی۔

"کیا پیو گے؟" میگی نے پوچھا۔

"تم کیا پیو گی؟" میں نے میگی سے پوچھا۔

"مارٹینی لوں گی۔"

میں نے بارمین سے دو مارٹینی کے لئے کہا۔

مارٹینی سپ کرتے ہوئے میگی بولی۔ "دراوڑ لوگوں کی زندگی کے کئی رسم و رواج ہم افریقی نیگرو لوگوں سے ملتے جلتے ہیں۔ جن سے یہ معلوم ہوتا ہے کہ کبھی ان دونوں خطوں کی تہذیب ایک تھی۔ اگر ایک نہیں بھی تھی تو دونوں تہذیبوں میں لین دین ضرور ہوتا ہوگا کچھ ہمارے رسم و رواج یہاں سے وہاں گئے کچھ وہاں سے یہاں آئے۔ مثال کے طور پر موہنجو داڑو اور ہڑپہ کی کھدائیوں سے جو ہڈیاں برآمد ہوئی ہیں وہ صرف دراوڑ لوگوں کی ہڈیاں نہیں ہیں۔ نیگرو لوگوں کی ہڈیاں بھی نکلی ہیں۔"

منو دراوڑ کون سے خالص النسل تھے۔ میگی میرے کندھے پر ہات رکھ کے بولی۔ "برین نے اندازہ لگایا ہے کہ ان کے جسم کی ساخت میں کئی خصوصیات نیگرو نسل کی پائی جاتی تھیں۔"

کنول بولا۔ "زمانۂ قدیم میں افریقہ اور ہندوستان اور آسٹریلیا تک حبشی تہذیب اور حبشی نسل پھیلی ہوئی تھی۔ یہ لوگ دراوڑوں سے پہلے یہاں آباد تھے۔ اس زمانہ میں کہتے ہیں آسٹریلیا ایک جزیرہ نہ تھا۔ ایشیا سے جڑا ہوا تھا۔

"ہاں،" میگی کنول کی آنکھوں میں آنکھیں ڈال کر بولی "آج بھی آسٹریلیا کے اصلی باشندوں اور تامل ناڈ کے رہنے والوں کی۔ زبان میں کئی مشترک الفاظ پائے جاتے ہیں اور یہ نسلی، قومی، تہذیبی اور لسانی اشتراک کے بغیر ممکن نہیں ہے۔"

"ہندوستان میں کبھی کوئی خالص نسل نہیں رہی" کنول بولا۔

میگی نے مارٹینی کا ایک گھونٹ لے کر کہا۔ "مگر میری مارٹینی کا عجیب سا ذائقہ ہے اسے ذرا چکھ کر تو دیکھو۔"

میگی نے اپنا گلاس کنول کے مُنہ کی طرف بڑھایا۔ ڈیوڈ گھور کر دیکھ رہا تھا۔ کنول نے میگی کا گلاس اپنے مُنہ سے لگالیا۔ ایک گھونٹ لے کر اور اسے اپنی زبان سے آہستہ سے چکھتے ہوئے بڑے سنجیدہ لہجے میں بولا۔ "مجھے تو مزہ ٹھیک لگتا ہے۔ بالکل ٹھیک۔"

میگی اپنا گلاس واپس اپنے مُنہ کے قریب لائی۔ اور دوسرا سپ خود لیتے ہوئے بولی۔ "ہاں تو ٹھیک ہی ہوگا۔"

یکایک کھٹکا سا ہوا۔ دونوں نے مُڑ کر دیکھا۔ ڈیوڈ ٹائم کا رسالہ بغل میں دابے تیز تیز قدموں سے بار سے باہر نکل گیا۔

جولی اپنی ہنسی روکنے کی کوشش کر رہی تھی۔

"ہاں تو بحث کس مرحلے پر پہنچی ہے" کنول نے پوچھا۔

"بڑے نازک مرحلے پر۔" میگی دھیرے سے ہنس پڑی۔

رات، ٹل ٹاپ کا ڈانس فلور۔ آج ہوٹل کے منتظمین نے ڈائیننگ ہال کو بڑے سلیقے سے سجایا تھا۔ اور خاصا اہتمام کیا تھا۔ کیوں کہ آج ہوٹل کی چوتھی سالگرہ تھی۔ آج سے چار سال پہلے یہ ہوٹل گل مرگ میں تعمیر کیا گیا تھا۔ آج سیاحوں کی تعداد بھی زیادہ تھی۔ اور لگتا تھا کہ منتظمین نے بہت سے لوگ سری نگر سے بھی خاص اس موقع کے لئے مدعو کئے ہیں۔ ڈیوڈ اپنے کھانے کی میز پر بیٹھا تھا۔ پہلا ڈانس یقیناً میگی نے اسے دیا تھا۔ لیکن اس کے بعد دو بار وہ برابر کنول کے ساتھ ناچی تھی۔ اور اب تیسری بار ناچنے جا رہی تھی۔

جولی بڑے اطمینان سے اپنی میز پر بیٹھی تھی۔ انگرڈ بھی کسی یوروپی سیاح کی بانہوں میں تھی۔ میگی اور کنول ایک دوسرے کی بانہوں میں جھول رہے تھے۔ میگی کی آنکھیں بڑی بڑی اور روشن تھیں جیسے نیلے آسمان سے تیسرے پہر کا اندھیرا ڈوب جائے۔ اس سحر آمیز روشنی میں جولی نے کنول کے لئے ایک عجیب جذبہ دیکھا۔ میگی جیسے کنول کی بانہوں میں گھل گئی تھی۔ وہ ایک لے کی طرح لچکتی تھی اور ایک دھن کی طرح شروع سے آخر تک مکمل تھی۔ مگر کنول کی بانہوں میں پہلے ناچ کی گت بہت دھیمی تھی۔ جیسے جذبے کی ابتدا ہو۔ پھر ذرا تیز ہوئی۔ جیسے سمندر بہنا شروع ہو۔ اب میگی کی دونوں بانہیں کنول کی گردن میں تھیں اور وہ اپنی اونچی ایڑی سے چوبی ڈانس فلور پر اس ذرا تیز گت پر دھمک جاتی تھی۔ ٹھیک سم پر اور دونوں بانہیں کنول کی گردن میں ڈالے ہوئے اس کی آنکھوں میں آتشیں چمک اور اس کے بدن میں جیسے لاوا پھوٹ نکلا تھا۔ آخر تھی وہ ایک گرم دیس کی رہنے والی، اس کے لہو میں بول رہا تھا اور وہ ناچتے ناچتے اپنا سینہ کنول کے سینے سے لگائے اپنے دونوں ہات اس کی گردن میں ڈالے ناچ رہی تھی۔ اور کنول کے ہات نے اس کی پتلی کمر کا پورا احاطہ کر لیا تھا۔ اس طرح کہ وہ دونوں ایک جسم و جان معلوم ہوتے تھے۔ جولی نے اس وقت یہ تو نہیں دیکھا کہ ڈیوڈ کا ردِ عمل کیا ہے۔ ہاں رشک و حسد سے وہ خود جل اٹھی تھی

اسے ایسا لگا جیسے کسی نے اس کے گرم پگھلتے ہوئے سیال لہو میں دیا سلائی دکھا دی۔ اور جب میگی نے اپنی دونوں بانہیں کنول کی گردن میں ڈال دیں اور اس کے بدن کی لے پر ڈولنے لگی تو وہ برداشت نہ کر سکی۔ چند منٹ تو اپنی کرسی پر بیٹھی کسمساتی رہی پھر وہ اک دم اپنی میز سے اٹھی اور ڈانس فلور پر پہنچی سیدھی میگی اور کنول کے پاس اور درجنوں ڈانس کرتے ہوئے جوڑوں کا خیال نہ کرتے ہوئے تہذیب اور سلیقے کو بالائے طاق رکھتے ہوئے اس نے زور سے میگی کے دونوں ہاتھ جھٹک دیئے اور کنول کو میگی سے کھینچ کر ڈانس فلور سے باہر ڈائننگ ہال سے باہر لے گئی۔ میگی حیران اور ششدر کھڑی رہ گئی۔ مگر اس نے بہت جلد اپنے آپ کو سنبھال لیا۔ مگر کنول کو کھینچ کر لے جاتی جولی پر اس وقت سینکڑوں نگاہیں جمی تھیں۔ میگی نے نیم بیزاری کے عالم میں اپنے کندھے اُچکائے۔ دونوں ہاتھ یوں جھٹک دیئے جیسے معاملہ ہمیشہ کے لئے صاف کر دیا ہو اور پھر بڑے اطمینان سے ڈیوڈ کے قریب آ کر بیٹھ گئی۔

جولی کنول کو کھینچ کر اپنے سوٹ میں لے گئی۔ اس نے دھکا دے کر کنول کو بیڈ پر گرا دیا۔

کنول نے ہنس کر کہا۔ ”مگر ڈارلنگ تم نے تو.....“

”مگر میں نے اس قدر قریب، اس قدر یکجا ہو کر ناچنے کو تو نہیں کہا تھا۔“ جولی آتش بار نگاہوں سے اسے دیکھتے ہوئے بولی۔

”وہ تو سب جھوٹ تھا۔“ کنول نے احتجاج کیا۔

”کچھ جھوٹ نہیں تھا۔ میں نے میگی کی نگاہوں میں ایک خطرناک جذبے کو ابھرتے ہوئے دیکھ لیا تھا وہ جذبہ جھوٹ نہیں تھا۔ سچ تھا۔ سچ سے بھی زیادہ خطرناک تھا۔ وہ لاوے، بھاپ، آگ اور شعلے کی طرح خطرناک تھا۔“

"تم نے اپنی حماقت سے سارا کھیل بگاڑ دیا۔"

جولی کی آنکھیں بھر آئی تھیں۔ وہ بیڈ پر کنول کے پاس گر گئی۔ اور سسکی لے کر بولی۔

"کنول مجھے اپنے گھر لے چلو۔ دتی میں میں ہندوستان کی سیر کرنا نہیں چاہتی۔ میں تمھارے گھر میں ایک ہندوستانی عورت کی زندگی بسر کرنا چاہتی ہوں۔ مجھے کل ہی یہاں سے لے چلو۔"

کنول نے گلاس خالی کر کے بیڈ کے نیچے رکھ دیا۔ تھوڑی دیر میں پھر اسے اس کی ضرورت محسوس ہوگی۔ اب اس نے ایک ایک کر کے ان چاروں برسوں کو اپنے پاس بلایا جو اس نے دلّی میں گزارے تھے۔ وہ چار سال جولی اور کنول کی شادی شدہ زندگی کے بہترین سال تھے۔ سول لائنز میں ایک پرانا گھر تھا۔ آدھا مُغلئی آدھا انگریزی طرز کا بنا ہوا جیسے کنول کے باپ نے انیسویں صدی کی آخری دہائی میں بنوایا تھا۔ زنانہ حصّہ مُغلئی طرز کا بنا ہوا تھا۔ دالان در دالان۔ شہ نشین اور کوٹھریاں اور بیچ میں ایک کھلا آنگن جس میں کینتکی اور مولسری پھولتی تھی ایک جامن کا پیڑ تھا۔ دو آم کے پیڑ تھے ان تینوں پیڑوں کے گرد پکّے چبوترے بنے ہوئے تھے۔ اس آنگن کے دو حصّے کر دیئے گئے تھے۔ ایک اونچے چبوترے پر بڑا آنگن۔ چھوٹے چبوترے پر چھوٹا آنگن تھا۔ یعنی بڑے آنگن کا زیریں حصّہ۔ جہاں ایک طرف بیری کا جھاڑ تھا۔ اور ایک طرف کپڑے سکھلانے کی الگنی جھولتی رہتی تھی۔ زیریں آنگن میں زیادہ تر ملازمائیں اور نوکرانیاں کچھ کام اور زیادہ گپ شپ میں مصروف نظر آتی تھیں اور گھر کی عورتیں بڑے اور اونچے آنگن میں آم کے پیڑ یا جامن کے پیڑ کے نیچے چبوتروں پر نظر آتیں۔ یا جب دھوپ

زیادہ ہوتی تو اندر دالان میں پردے کھنچوا کر اور خس کی ٹٹیاں لگوا کر ہانپنے لگتیں ۔ مردانے میں ایرکنڈیشنز لگ گئے تھے اور بڑی بہوجی نے بھی اپنے کمرے میں ایرکنڈیشنز لگوالیا تھا۔ اور جب کنول کی بڑی بہن کملا اپنی سسرال سے میکے آئی تھی تو وہ بھی اپنے بچپن کے کمرے میں سوتی تھی جس میں اس نے اپنے پتا جی سے کہہ کر ایک ایرکنڈیشنز لگوالیا تھا۔ اور جب کنول کی بڑی بہن کملا اپنی سسرال سے میکے آئی تھی تو وہ بھی اپنے بچپن کے کمرے میں سوتی تھی جس میں اس نے اپنے پتا جی سے کہہ ایک ایرکنڈیشنز لگوالیا تھا پھر جب چھوٹی بہو یعنی کنول کی انگریز بیوی آئیں تو ان کے کمرے میں بھی ایرکنڈیشنز لگوا دیا گیا۔ مردانہ تو پہلے ہی سے ایرکنڈیشنڈ ہو چکا تھا مگر یوروپ اب دھیرے دھیرے مردانے سے زنانہ میں گھس رہا تھا مگر مزاحمت کے بغیر نہیں ۔ اماں جی نے اپنے کمرے میں ایرکنڈیشنز لگوانے کی سخت مخالفت کی تھی۔

" مجھے تو خس کی ٹٹی ہی میں اچھا لگے ہے۔ اس کی سوندھی سوندھی سردی۔ اس اُجاڑ نگوڑے مامئ ملے ہیرکنڈی میں تو جاڑا لگے ہے مجھے۔ تم کو یہ ہیرکنڈی مُبارک ... میرے لیے تو خس کی ٹٹی ہی اچھی"۔....

اتنے میں بڑی بہوجی دالان تک ننگے سر آتے ہوئے اماں کو دیکھ کر آدھا گھونگھٹ کاڑھ لیتی اور اس کا ایک سرا بات سے کھجلاتے ہوئے دوسرے ہات سے کر دھنی کو ہلے پر ٹھیک کرتی ہوئی آ کر کھڑی ہو جاتی اور سر جھکا کر پوچھتی ۔

"اماں کتھا کہاں ہے؟"

میں کیا جانوں ۔ جگریا سے پوچھ ۔ کنول کی اماں چاندی کی پن کُٹی میں گلوری ڈال کر اسے کوٹتے ہوئے بولتیں ۔ اماں کے دانت دکھتے تھے ۔ اس لئے اب وہ پان کو کوٹ کے کھاتی تھی۔

مگر بہو جگریا سے نہیں پوچھ سکتی تھی ۔ حالاں کہ جگریا اس وقت اماں کے قدموں

میں بیٹھی ان کے پاؤں کے تلوے سہلا رہی تھی۔ جگریا کی عمر ستر برس کی تھی۔ لگتی پچاس پچپن کی تھی۔ جگریا اس گھر میں اس خاندان کی تیسری پشت دیکھ رہی تھی۔ تھی تو وہ نوکرانی۔ مگر گھر میں سکہ اسی کا چلتا تھا۔ اس کی مرضی کے بغیر اماں بھی کوئی بھی کام نہیں کرتی تھیں۔ بڑی بہو جی اور کملا تک اس سے سہمی رہتی تھی۔

جگریا نے منہ پھیر کر پیچھے آنگن کی طرف آواز دی "اے دلریا۔ ناس پیٹی جائے۔ کتنے کو جوش نہیں دیا ابھی تک کیا...."

قبل اس کے کہ دلریا کوئی جواب دیتی آم کے پیڑوں کے پیچھے کچن کے دروازے سے جولی آسمانی ساڑھی پہنے، تھوڑا سا گھونگھٹ کاڑھے، ہات میں چاندی کا ایک کٹورہ لئے اماں کے پاس آگئی اور جھجکتی شرماتی آواز میں بولی۔

اماں میں نے دلریا کو منع کر دیا تھا۔ رات کو میں نے کتنے کو جوش دے کر فرجڈیر میں جما دیا تھا دیکھئے اچھا بنا ہے؟"

اماں بولی۔ "میں کیا جانوں جگریا سے پوچھ۔"

جگریا نے چاندی کا کٹورہ اپنے ہات میں لے کر اسے دیکھا۔ سونگھا۔ قریب کے پاندان سے چاندی کی ایک ٹیچی نکال کے اس میں سے کٹورے سے ذرا سا کتھا نکال کے زبان سے چاٹ کر بولی۔ "اونہہ۔ رنگ بھی اچھا ہے ـــــ ذائقہ بھی اچھا ہے۔ مہک بھی عمدہ ہے...... وہ بدھائی ہو۔ چھوٹی بہو۔ کتھا بنانا سیکھ گئی..."

اماں نے جولی کا منہ پیار سے چوم لیا۔ "شاباش۔ تو تو دن بدن گھڑ ہوتی جا رہی ہے اب کے کروا چوتھ میں تجھے نیا جھمر بنوا کر دوں گی۔"

جولی نے اماں جی کے پاؤں چھوئے اور پازیب کھنکھناتی ہوئی گڑیاں بنانے کے لئے چلی گئی۔ ان کے ذکر سے جولی کا چہرہ لال ہو گیا تھا۔ ان چار سالوں میں جولی نے ہندوستانی معاشرت کے سارے آداب سیکھ لئے تھے۔ صرف اس کی آنکھیں اداس کا

رنگ اور اس کا تلفظ اس کے انگریز ہونے کی چغلی کھاتے تھے۔ ورنہ ہر اعتبار سے جولی نے اپنے آپ کو ہندوستانی رنگ میں ڈھال لیا تھا۔ اس کے دھیمے مزاج اور کلچر کو اپنا لیا تھا۔ ہندوستان آ کر سب سے پہلے اس نے اصرار کیا تھا کہ اس کی شادی ہندو رواج سے ہو۔ انگریزی لباس ترک کر کے اس نے ساڑی، دھوتی، قمیص، شلوار پہننا شروع کر دی تھی اور دکھ تک چوٹی کرتی تھی دہلی میں رہ کر اس نے یہاں کی عام بول چال کی زبان بھی اچھی طرح سے سیکھ لی تھی اور نوکرانیوں اور ملازماؤں سے اس نے بہت سے عمدہ محاورے اور طعنے بھی سیکھ کر اپنی زبان میں داخل کر لئے تھے۔ اس کے کاڑھے ہوئے گھونگھٹ، ماتھے کی بندیا اور لجا کر کھڑے ہونے کے انداز سے پہلی نظر میں کوئی یہ اندازہ ہی نہیں کر سکتا تھا کہ جولی کوئی انگریز عورت ہے۔

صرف اس کا نام نہیں بدلا گیا تھا۔ اماں جی کے اصرار پر، کنول کی ماں کو جولی نام بہت پسند آیا تھا۔ بالکل ہندوستانی معلوم ہوتا ہے۔ کیوں جگریا؟ اور جگریا نے دونوں ہاتھ کولہوں پر رکھ کر ایک آنکھ تھوڑی سی بند کر کے اور دوسری ذرا زیادہ کھول کے سوچا تھا اور پھر فیصلہ دیا تھا۔

آں؟ —— ہاں .... ٹھیک تو ہے۔ جولی .... منھ پہ آسانی سے چڑھ جاوے ہے۔ جولی .... نہیں تو انگریجی ناموں میں جبان بڑی ٹیڑھی ہووے ہے۔ بڑی بہو کو دیکھنے کے لئے جو انگریج لیڈی ڈاکٹر آوے تھیں پچھلے سال۔ کتنا مشکل نام تھا۔ لنٹیا کتھا بڑے .... لنٹیا کتھا بڑے بھلا کوئی نام ہے۔

بڑی بہو نے آہستہ سے کہا لڈیا کتھرٹ تھیں وہ Lydia cathbert!

آں وہی تو کہوں ہوں۔ لنٹیا کتھا بڑے۔ لنٹیا ڈبو دی اس نام نے .... پر جولی تو بہت اچھا لگے ہے۔ جیسے منہ میں شہد گھلے ہے۔ یہ جولی! اس کا بالم جُلی!!

جس طرح سے ہات نچا کے جگری نے جولی اور جُلی کی تلمیح باندھی۔ اس کے بعد اس کے لئے کچھ کہنا نا مناسب تھا۔ سب کھلکھلا کے ہنس پڑے اور جولی کا نام ہندوستانی معاشرت

میں داخل کرلیا گیا۔ کنول نے سوچا۔ ہندوستانی کلچر کی اپروچ ہمیشہ سے پرگمیٹک رہی ہے ورنہ یہ کلچر اب تک زندہ کیسے رہتا۔ سمیری کلچر فنا ہو گیا۔ بابلی اور پرانا مصری کلچر بھی۔ آج جو کلچر مصر میں رائج ہے۔ اس کی فرعونوں کے زمانے کے کلچر سے روایت ٹوٹ چکی ہے۔ کوئی تار سلامت نہیں رہا مگر ایودھیا میں آج بھی رام کے زمانے کا کلچر ملتا ہے اور جامع مسجد کی سیڑھیوں پہ آج بھی مغل کلچر کی یاد تازہ ہوتی ہے۔ موہنجوڈاڑو ختم ہو گیا اور آریوں کا خیبر سے داخلہ بھی۔ مگر شو اور ناگ۔ اندر۔ برہما اور وشنو۔۔۔ مختلف کلچروں کے نمایندے ایک ہی کلچر میں شیر و شکر ہو کر ایک ہی Pantteon کا حصّہ بن گئے ہیں۔ کیرل کے گاؤں کے گرجا دیکھ کر آج بھی پرانے مندروں کا شبہ ہوتا ہے۔ باہر مندر رہے۔ اندر صلیب ہے۔ یہ جذب واخذ کا عمل ہمیشہ سے اپنے کلچر میں چلتا آیا ہے۔ صرف ہندوستان ہی میں نہیں جذب واخذ کا یہ دھیما دھیما مصالحتی انداز اور رنگ آمیزش اس پورے خطے میں ملتا ہے۔ اس انڈو ایشیائی خطے میں جہاں کسی زمانے میں ہندوستان کی معاشرت پھیلی تھی۔ یعنی لنکا۔ برما۔ ملایا۔ کمبوڈیا۔ انڈونیشیا۔ انڈو چائنا اور تھائی لینڈ۔ اس پورے خطے کے کلچر میں معاندانہ مزاحمت کے بجائے باہمی مفاہمت کا انداز ملتا ہے لیکن ہم اس خطے سے کٹے ہوئے ہیں۔ ہم آئس لینڈ سے دوستی کریں گے لیکن وہ اپنے ہمسائے جن کی آتما ابھی تک ہندوستان کے اس قدر قریب ہے۔ ان سے دور دور رہیں گے۔ یا ان کو تحقیر کی نظر سے دیکھیں گے۔ یہ اندازِ فکر بھی ہندوستانی نہیں ہے۔ سراسر یوروپی ہے۔ کیوں کہ یوروپ انتہا پسند ہے۔ چینیوں کی طرح۔ مگر ہم بھی انتہا پسند نہیں رہے۔ کسی نہ کسی طرح ہم نے ہمیشہ توازن کو حاصل کرلیا ہے۔ ان پڑھ جگریا نے جس طرح جولی کو اپنا لیا ہے۔ اور لڈیا کتھبرٹ کو رد کردیا ہے وہ اس کی غیر شعوری نسائی مصاحت اور اس کی پرگمیٹک پروچ کی دلیل ہے۔ پرگمیٹک اپروچ کو اپنی زبان میں کیا کہیں گے! کنول نے سوچا وہ اپنی ماں سے پوچھے اماں فوراً کہہ دیں گی میں کیا جانوں۔ جگریا سے پوچھو اور جگریا بے چاری کیا جانے۔ وہ ان لفظوں سے

ناآشنا ہے۔ لیکن ان کے معانی سے نہیں۔ پریگمینٹک؟ ــــــ ایں۔ کیا کہتے ہو۔ پراگ؟ پریاگ جی تو میں پچھلے کمبھ میں اسنان کر آئی۔ یہ پراگ منتیا کیا بلا ہے۔ میں پریاگ جی میں کی سیتا کو جانوں۔ مجھ سے ایسے مذاق نہ کیا کرو مُنے۔ کنول چوں کہ گھر میں سب سے چھوٹا تھا اس لئے جگریا ابھی تک اسے پیار سے مُنا کہتی تھی۔ پیدا ہونے پر سب سے پہلے جگریا نے اسے نہلایا تھا۔ وہ اسے ڈانٹ سکتی تھی۔ مُنا اپنا سا منہ لے کر چلا گیا۔ مُنا۔ میں مُنا ہوں؟ ہندوستان سے لے کر انگلینڈ فرانس امریکہ تک میری پلاسٹک سرجری کی دھوم ہے اور میں ابھی تک مُنا ہوں.... مگر وہ جگریا سے کچھ نہیں کہہ سکتا تھا۔ وہ تو محض ایک مُنا ہے۔

جب اماں جی جولی کے حسن کی حد سے زیادہ تعریف کرتیں یا اس کے سگھڑاپے کی بلائیں لیتیں تو کنول شوخی سے کہتا۔ "مگر اماں جی آپ اصل میں میری تعریف کر رہی ہیں اسے تو میں نے بنایا ہے۔ سر سے پاؤں تک۔ ورنہ یہ دو کوڑی کی نہیں تھی۔ آپ نے اسے اسپتال میں دیکھا ہوتا جب یہ موٹر حادثے کے بعد بستر پر پڑی تھی بالکل ڈھیلی ادوائن کی ٹوٹی ہوئی پلنگڑی کی طرح جو آج بھی جگریا کی کوٹھری میں رکھی ہے۔ جس کی کوئی کل سیدھی نہیں۔" چل جھوٹے۔" اماں جی کو بھی کنول کی بات کا یقین نہ آتا تھا۔ آپریشن ہو سکتے ہیں ہڈی جڑ سکتی ہے ادھر کی کھال تھوڑی سی نکال کے اُدھر لگائی جا سکتی ہے یہاں تک تو انھوں نے بھی سُنا تھا.... پر یہ.... تو جب یہ کہتا ہے کہ یہ پتلے پتلے ہونٹ تیرے بنائے ہوئے ہیں۔ یہ کٹار کی دھار سی ناک، یہ سیپوں ایسے کان، اور یہ ناشپاتی ایسی تھوڑی۔ یہ موم بتی ایسی لمبی لمبی انگلیاں..... یہ تو بھگوان نے بنائی ہیں۔ یہ میں کیسے مان لوں.....

"ماننے کی بات ناہیں ہیگی" جگریا نے فتویٰ دے دیا۔

"بوا جی".... کنول جگریا کو بچپن سے بوا جی کہا کرتا تھا۔ "تم کو جھوٹ سچ پرکھنا ہو۔ تو چھ مہینے میرے اسپتال میں چل کے رہو تم کو پھر سے بیس برس کی بنا دوں گا۔ جولی سے بھی زیادہ سُندر۔ تمھاری موٹی کمر کا سارا فالتو گوشت اور چربی نکال کے ایسی تپلی کر دے

دوں گا کہ جب تم مارکیٹ میں بھاجی لینے جاؤگی تو بلوہ ہو جائے گا۔"

"چل جھوٹے.... اماں پیار بھرے شکایت آمیز لہجے میں بولیں۔ایک جولی کا لنگ تو نکالا نہیں گیا تم سے اوپر سے شیخی بگھارتے ہو میں تو جب مانوں تم کو تم میری بہو کا لنگ ٹھیک کر دو۔"

اماں جی کو دو ہی شکایتیں تھیں ایک تو جولی کا لنگ دور نہیں ہوتا تھا۔وہ بدستور لنگڑا کر چلتی تھی۔ساڑھی میں بہت حد تک اس کا لنگڑا پن چھپ جاتا تھا۔پھر بھی۔یہ خامی تو اپنی جگہ پر تھی ۔ دوسری شکایت اماں جی کو یہ تھی کہ جولی کے بچہ نہیں ہوتا حالاں کہ کنول نے آتے ہی کہہ دیا تھا کہ اس موٹر کے حادثے کے بعد جولی کے بچہ نہیں ہوگا۔

مگر اماں جی کسی طرح ماننے کے لئے تیار نہیں تھیں کہ ایسی سندر اور پیاری بہو کے بچہ نہیں ہوگا۔" بہت دیکھے ہیں تیرے ایسے ڈاکٹر۔ پنڈت دیا کشن کی بیوی کے بھی بچہ نہیں ہوتا تھا، ڈاکٹروں نے جواب دے دیا تھا۔اڑتیس برس کی عمر ہوگئی تھی۔ دُنیا بھر کے انگریجی ڈاکٹروں کو دکھلوا لیا۔کچھ نہ بنا۔آخر ہندوواڑہ کے سائیں نے چُٹکی دی۔کیوں جگریا یاد ہے؟

جگریا نے یاد کرتے ہوئے ایک میٹھی مسکان سے کہا۔نوں وے مہینے پلنگڑی پر بچہ رکھا ہوا تھا۔یہ انگریجی ڈاکٹر کیا بھگوان کا ہات بھی روک دیوے ہیں۔وہ جب دینے پر آجاوے ہے۔یں کہتی ہیں۔" یکایک جگریا کو کچھ یاد آیا۔سُنا ہے مرزاؤں کے محلّے میں برکت پور سے ایک پیر آیا ہے۔بہت پرشنسا ئی ہے اس کی...."

"اگر تمھارا معدہ کھولا جائے تو کم سے کم دو سیر راکھ اس میں سے نکلے گی اور ڈھیروں کاغذ۔اتنی راکھ اور تعویذ کے کاغذ تم چاٹ چکی ہو۔ایک دن مجھے تمھارا یہ آپریشن بھی کرنا پڑیگا۔"

کنول نے جولی سے کہا اور جولی جواب میں صرف کھلکھلا کے ہنس پڑی تھی۔

"کیا تمھیں واقعی یقین ہے کہ تمھارے بچہ ہوگا۔"

"نہیں۔"

"پھر یہ راکھ کیوں چاٹتی ہو۔؟"

"مجھے اچھا لگتا ہے۔اماں جی کا دل بھی خوش ہو جاتا ہے۔"

"مجھے معلوم نہیں تھا۔تم اس حد تک اپنے آپ کو ڈھال لوگی۔تم بالکل کہیں آتی جاتی نہیں ہو۔ملک بھی تم سے چھوٹ گیا ہے یہاں پر انگریزی عورتوں کی ایسوسی ایشن ہے۔کئی بار وہ تمھیں بُلا چکے ہیں۔ہمارے کلچر میں رچ بس جانا بہت اچھی بات ہے۔مگر من کو وشال رکھنا چاہیئے۔کل میں ایسوسی ایشن Aristophanes, کا مشہور فارس Lysistrata. اسٹیج کر رہے ہیں۔ڈڈلی فٹس Dudly fitts کا انگریزی ترجمہ ہے۔بہت عمدہ ہوگا۔چلتی ہو۔دو ٹکٹ ...."

"ناں...." جولی جلدی سے سرہلا کے بولی۔"کل تو میرا منگل کا برت ہے۔"

کنول نے غصے سے پیر پٹک دیا۔جولی اسے منانے کے لیے، جلدی سے اس کے سینے سے لگ گئی۔اور لمبی لمبی سانسیں لیتے ہوئے ریشمی آواز میں بولی۔"اماں جی کرواچوتھ پر مجھے جھومر دے رہی ہیں۔تم مجھے نتھ بنوادو۔"

"نتھ؟" کنول حیرت سے چیخا۔

"ہاں میں نتھ پہنوں گی۔" جولی نے اس سے کہا۔اماں جی مجھے جنگ پورہ ایک شادی میں لے گئی تھیں۔وہاں میں نے دلہن کو نتھ پہنے ہوئے دیکھا تھا۔ویسی میں بھی پہنوں گی۔کرواچوتھ کے روز اور چاندی کی تھالی میں گھی کا دیا جلائے۔گُلاب۔زعفران۔چاول ملا کر تمھارے ٹیکا کروں گی۔پاؤں چھوؤں گی۔آرتی اُتاروں گی اپنے سوامی کی..."

کنول ہنس کر بولا۔"میرا خیال ہے تم بالکل باربیرین بن چکی ہو۔"

جولی اس کے سینے سے لگے لگے بولی۔"میرا خیال ہے میں پچھلے جنم میں ہندوستانی تھی۔"

کنول نے جولی کو لپٹا کر پیار کرلیا۔وہ جولی کی اس قلب ماہیت پر حیرت زدہ تھا

مگر خوش بھی تھا۔ یہ چار سال ان کی ازدواجی زندگی کے بہترین سال تھے۔ جب محبت کی ڈالیاں پھولوں سے بھر گئی تھیں اور جولی کے سنہرے بال کمر تک آنے لگے تھے۔ اور وہ اس کا منہ اپنے بوسوں سے بھر دیتا تھا کہ وہ وفورِ جذبات سے بے بس ہو کر ہانپنے لگتی اور اسے کہنے لگی۔ بس کرو بس کرو اتنی خوشی مجھے مت دو۔" اور کنول اس کے سنہرے بالوں کے بادبان کھول کر کہتا۔ "اے کشتی۔ تیرے سنگ کہیں بہت دور جانے کو جی چاہتا ہے۔ کسی انجان ساحل پر لیٹے وہ گیت گانے کو جی چاہتا ہے جو جھاگ کرتی ہوئی سمندری لہریں ساحل کا منہ چوم کر گاتی ہیں۔ اونچے اونچے ناریل اپنے ہرے ہرے چنور ہلا ہلا کر تالی بجاتے ہیں اور خوبصورت پالی نیشن طوطے ہوا میں پنکھ پھیلائے محبت کرنے والوں پر شریر بچوں کی طرح آوازے کستے ہوئے سروں کے اوپر سے یکایک جولی اس سے الگ ہوتے ہوئے کہتی۔ "لو میں تو بھول ہی گئی اماں جی نے کہا تھا سسر جی کے لئے مٹھا تیار کر دوں۔ وہی کب کا فرجنڈیر میں رکھا باسی ہو رہا ہے۔۔۔ جانے دو مجھے۔ تم مٹھا پیو گے!

مٹھا نہیں۔ بیانکو۔۔۔ یاآستی سپو مانتے سفید چنچل اطالوی وآئین آرلینڈ و کا رستوران یاد نہیں آتا ہے کیا جولی تمہیں کبھی یاد نہیں آتا ہے ——

کبھی یاد نہیں آتا ہے۔ یاد یاد میری۔"

"آتا ہے آتا ہے۔" جولی نے اطمینان اور سکون کی ایک لمبی سانس لے کر کہا۔ مگر ایک ریستوران کی طرح نہیں۔ ایک شراب خانے کی طرح نہیں۔ ایک مندر کی طرح یاد آتا ہے۔ جہاں تم مجھے ملے تھے دروازے کے باہر کھڑے ہوئے۔ اور مجھے سہارا دے کر اندر لے گئے تھے اب یاد کرتی ہوں۔ آرلینڈ کو تو وہ دھوتی پہنے نظر آتا ہے اور کانوں میں گھنٹیاں بجتی ہیں۔

کنول جولی کے بستر سے اٹھا اور پھر وائین کیبنٹ کی طرف گیا۔ اب رات تقریباً

ختم ہونے کو تھی کھڑکی سے سپیدۂ سحر جھلکنے لگا تھا اور بستر پر لیٹی ہوئی جولی کے چہرے کے خدوخال نمایاں ہونے لگے تھے۔ تاریکی چوں کہ ابھی بالکل غائب نہیں ہوئی تھی۔ اور اُجالا پوری طرح سے آیا نہیں تھا۔ اس لئے جولی کا چہرہ آدھا سلیٹی رنگ میں اور آدھا اجلے رنگ میں نظر آتا تھا۔ اس نے دوسرا ڈرنک بنایا اور بستر کے قریب کھڑا ہوکر جولی کے چہرے کی طرف دیکھنے لگا جس کی آنکھوں کے نیچے گہرے سلیٹی رنگ کے سائے تھے راتوں کو جاگنے کی وجہ سے آج کتنی شاموں کے بعد وہ آرام سے سوئی تھی۔ ہولے ہولے نیچے سڑک پر لندن کا ٹریفک شروع ہورہا تھا۔ جولی نے ایک خوابیدہ انداز میں کروٹ لی اور اس کی ایک ٹانگ پنڈلی سے نیچے پاؤں تک ننگی ہوئی۔ ابھی تک بیحد متناسب تھی۔

کنول کو یاد آیا۔ آج سے ڈیڑھ دو برس پیچھے دلّی کی گرمیوں کی ایک گھٹی ہوئی حابس شام میں کینسن اسپتال کی لیبارٹری میں کام کرتے ہوئے یکایک اسے اس لنگڑی ٹانگ کو ٹھیک کرنے کی ترکیب سوجھ گئی تھی۔ تجربے تو وہ برابر کررہا تھا۔ جب سے دلی آیا تھا۔ مگر اسے اب تک کسی تجربے پر اطمینان نہ ہوا تھا۔ آج وہ اپنی غیر متوقع کامیابی پر خوشی سے اُچھل پڑا۔ گھر جاکر جب وہ جولی کو بتلائے گا کہ اس کی یہ لنگڑی ٹانگ بھی ٹھیک ہوسکتی ہے تو وہ کتنی خوش ہوگی۔ وہ اور اماں جی اور جگریا اور خود اس کے پتا.... لیکن سب سے زیادہ جولی.... اب وہ دوسری عورتوں کی طرح چل سکے گی۔ دوڑ سکے گی۔ کھیل سکے گی۔ اب اس کا جسم بالکل متناسب اور مکمل ہوجائے گا۔

مگر وہ یہ دیکھ کر حیران رہ گیا کہ جولی پر اس خبر کا اثر بالکل اس کی توقع کے خلاف ہوا۔ خوش ہونے کے بجائے وہ افسردہ ہوگئی۔

"مجھے اس بات کا ڈر تھا۔ کسی دن تم کوئی نہ کوئی طریقہ نکال لوگے۔"

"کیا مطلب؟"

"مطلب یہ کہ میں یہ آپریشن نہیں کرانا چاہتی۔"

میں بالکل حیرت زدہ رہ گیا۔ "تم کیا کہہ رہی ہو؟ کیا تم اپنے ہوش و حواس میں ہو؟"

بالکل.... میں جیسی ہوں۔ ویسی ہی ٹھیک ہوں۔ بالکل.... خوش ہوں۔ یہاں مجھے تمھارے گھر میں بالکل خیال ہی نہیں ہوتا کہ مجھ میں کسی طرح کی کوئی خامی ہے۔ رہنے دو اس آپریشن کو....

"نان سنس۔ یہ آپریشن تو تمھیں کرانا ہی ہوگا۔ کس قدر میرا جی چاہتا ہے تمھارے ساتھ بیڈمنٹن اور ٹینس کھیلنے کو۔ تمھاری وجہ سے میں نے یہ دونوں کھیل چھوڑ دیئے ہیں۔

وہ چپ رہی۔ سر جھکائے ہوئے۔

"جولی۔"

"ہاں...." اس نے سر اٹھا کے میری طرف دیکھا۔

"کیا ــــــ کیا بات ہے!"

"کچھ نہیں۔ یونہی مجھے ڈر لگتا ہے۔"

"ڈر کس بات کا پگلی؟ تم نے اس زمانے میں اتنے آپریشن سہہ لئے۔ جب تم موت اور زندگی کے درمیان لٹک رہی تھی۔ اب تو کوئی خطرہ نہیں ہے۔ بالکل معمولی آپریشن ہے۔ تین مہینے میں ٹھیک ہو جاؤ گی۔"

تین مہینے بعد میں نے ایک چمکتی ہوئی صبح میں اپنی کوٹھی کے وسیع مغربی لان میں لے جا کے اس کی پٹی کھولی۔ بید کی ایک کرسی پر بیٹھی ہوئی زعفرانی رنگ کی ساڑھی پہنے ہوئے اور اس کی پشت پر لان کی باڑھ میں سرخ رنگ کی بوگن ویلیا پھیلی ہوئی تھی اور گملوں میں سفید کارنیشن چمک رہا تھا۔ میں لان کے دوسرے کنارے کھڑا ہو گیا۔ اور ہات پھیلا کر کہنے لگا۔ "آؤ۔"

وہ اپنی کرسی سے اٹھی۔ دونوں پاؤں پر اس نے ا بوجھ دیا۔ ٹھٹھکی چند قدم ہولے ہولے چلی۔ پھر کچھ تیز۔ پھر اک دم دوڑتی ہوئی ہات پھیلائے خوشی سے روتی

ہوئی وہ میری باہنوں میں آگئی ۔ اس کا سارا جسم مسرت اور محبت سے کانپ رہا تھا اور وہ میرے کندھے پر مُنہ چھپائے رو رہی تھی اور لپٹ رہی تھی۔ "میں مکمل ہوں .... کنول ...... میں مکمل ہوں .... آخر کار ...."

یہ اس کا پہلا ردِعمل تھا۔ دوسری بار ۔ جب میرے پتا جی نے اس کی صحتیابی کی خوشی میں ایک بڑی پارٹی دی اور اس سے پُوچھا۔ وہ کیا چاہتی ہے تو جولی نے سوچ سوچ کر کہا۔

"مجھے ایک سوئمنگ پول چاہیئے"

میں اس کی فرمائش سُن کر مُسکرا دیا ۔ مجھے یاد آیا ۔ لندن میں فرصت کے اوقات میں جولی کو تیراکی بہت پسند تھی ۔ وہ جب بھی موقع ملے بکنی پہن کر کسی سوئمنگ پول میں گھس جاتی تھی ۔

ہمارا گھر بہت بڑا تھا اور اس کے اِردگرد باغ بھی بہت پھیلا ہوا تھا۔ یہ پُرانے زمانے کا مکان تھا۔ جب لوگ رہنا جانتے تھے ۔ آج کل تو بس ٹکتے ہیں۔ کسی فلیٹ میں ٹک گئے ۔ کسی بورڈنگ ہاؤس، کسی بالکونی میں، سیڑھیوں کے نیچے۔ آج کل بس ٹک سکنے کی جگہ چاہیئے۔ رہنے کا زمانہ گزر گیا ۔

پتا جی نے مغربی باغ کے ایک بڑے لان کو کُھدوا کر وہاں نئے ڈھنگ کا ایک سوئمنگ پول بنوا دیا ۔ ایک ہفتے تک جولی اس سوئمنگ پول سے نہیں ہٹی ۔ اپنے دن کا بیشتر حصّہ یہیں گزارتی تھی ۔ یہیں ڈبکی لگاتی تھی ۔ یہیں ناشتہ کرتی تھی ۔ بالکل پاگل ہو گئی تھی وہ اس سوئمنگ پول کے لئے ۔ گہرے آسمانی رنگ کی بکنی میں وہ پول میں تیرتی ہوئی آسمانی ابابیل معلوم ہوتی تھی ۔ اس کا موزوں متناسب جسم معلوم ہوتا تھا کسی خراد پر ڈھالا گیا ہے ... تم کوئی نقص اس میں نہیں دیکھ سکتے ۔

نہانے کے بعد تولئے سے جسم صاف کر کے وہ ایک کُھلا بلاؤز اور اسکرٹ

پہننے لگی۔ اس سے بڑا آرام ملتا ہے۔ نہانے کے بعد۔۔۔ اسکرٹ کے ساتھ اُونچی ایڑی کا جوتا آیا۔ سینڈل کم ہونے لگے۔ نہانے میں اکثر اس کے لانبے لانبے سنہری بال گیلے ہو جاتے تھے۔ حالاں کہ وہ سر پر ایک شفاف ٹوپی پہنتی تھی۔ مگر پانی ہے۔ پہنچ ہی جاتا ہے۔ اب اسے اپنے لمبے بالوں سے الجھن ہونے لگی۔

ایک دن اس نے اپنے لمبے بال کٹوا دیئے۔ اماں جی نے بُرا مانا اور رگھو پا پر تو جیسے غشی کا دورہ پڑ گیا ہو۔ مگر وہ دونوں خاموش رہیں۔

ہولے ہولے جولی نے زنانے میں جانا کم کر دیا۔ اسکرٹ پہننے کی وجہ سے وہ دوسری ہندوستانی عورتوں کی طرح آم یا جامن کے پیڑ کے چبوترے پر پلنگ پر پھسکڑا مار کر بیٹھ نہ سکتی تھی۔ پیڑھی پر بیٹھ کر مٹھا نہیں بنا سکتی تھی۔ اس کے سائز بھی اکثر اس کے ہات کا بنا ہوا مٹھا پیتے تھے۔ اب یہ فرض پہلے کی طرح پھر اماں جی سرانجام دینے لگیں۔ بہت ہی غیر محسوس طریقے پر جولی اور گھر کی دوسری عورتوں میں ایک ان دیکھی دیوار سی ابھرنے لگی۔ کوئی کسی سے کسی امر کی شکایت نہیں کرتا تھا۔ مگر ایک دن جولی نے کنول سے کہا۔

"میرا کمرہ مردانے ہی میں ہو جائے تو ٹھیک ہے۔ زنانے میں ہر وقت بیکار کی بک بک رہتی ہے۔ بہت باتیں کرتی ہیں۔ تمہارے گھروں کی عورتیں کتنا وقت برباد ہوتا ہے۔"

کنول نے پلکیں اُٹھا کر غور سے جولی کی طرف دیکھا۔

جولی نے اپنی نگاہ اس سے نہیں ملائی۔ بولی۔ "میں کچھ کام کرنا چاہتی ہوں۔ گھر میں پڑے پڑے سڑنے لگی ہوں۔"

"تو پھر سے برٹش وومن ایسوسی ایشن جوائن کر لو۔"

جیسے جولی کنول سے یہی بات سُننے کی منتظر تھی۔ دوسرے دن وہ مسز لیگ ہارٹ سے ملنے چلی گئی جو برٹش وومن ایسوسی ایشن کی سکریٹری تھی۔ اس دن لنچ بھی اس نے

وہیں کھایا۔ اماں جی دیر تک اس کا کھانا لئے بیٹھی رہیں۔ دوپہر کے بعد کوئی تین بجے کے قریب جولی کا ٹیلی فون آیا کہ اس نے لنچ لے لیا ہے۔ اس کا انتظار نہ کیا جائے۔

جب جولی نے روز صبح سویرے گھوڑے کی سواری شروع کر دی تو بڑی بہو کا ماتھا ٹھنکا۔ انھوں نے دبے الفاظ میں اماں جی سے شکایت کی۔ "یہ چھوٹی بہو کو کیا ہوتا جا رہا ہے؟"

اماں نے تنک کر کہا۔ "میں کیا جانوں۔ پوچھ جگر یا سے؟"

ہولے ہولے جولی کی انگریز سہیلیوں نے ہمارے گھر پر آنا شروع کیا۔ اب جولی ان کے لئے الگ پارٹیاں دینے لگی تھی۔ جس میں اماں جی۔ بڑی بہو جی۔ جگر یا اور دوسری با عزت ملازمائیں شریک نہ ہو سکتی تھیں۔ بیڈمنٹن اور ٹینس کے میچ برابر ہوتے تھے۔ اور سوئمنگ پول میں تیراکی کے مقابلے۔ انگریز اور امریکی عورتوں نے مل کر نئی دلی میں جو فیشن پریڈ کی تھی اس میں جولی اول نمبر پر آئی تھی برٹش ویمن ایسوی ایشن کے ریزیڈنیل ہال میں ناچنے کے مقابلے میں جولی اور میجر گراس ویٹ کا جوڑا سب سے اچھا سمجھا گیا۔

ریڈ کراس اسپتال میں آنکھوں کے علاج کے لئے ایک علحدہ شعبہ کھولا جا رہا تھا۔ بڑے پیمانے پر۔ دوسرے یوروپی سفارت خانوں کے لوگ بھی اس کارِ خیر میں مدد دے رہے تھے۔ ان سب کے صلاح و مشورے سے مولیار کا مشہور طنزیہ ڈرامہ Le Bourgoise gastilhomme کو انگریزی میں کھیلنے کی تجویز کی گئی اس میں Dorimenge کا پارٹ جولی کو دیا گیا۔ جولی اس عزت افزائی پر بہت خوش تھی۔ دن رات محنت کرتی تھی اب اس کا زیادہ وقت ریہرسل ہال میں گزرنے لگا۔ میجر گراس ویٹ اس ڈرامے کا ڈائریکٹر تھا۔ بہت ہی لائق مگر کسی قدر سخت گیر۔ کبھی کبھی وہ دوپہر کو یا شام کو اسپتال سے فارغ ہو کر جولی کو اپنے ساتھ لے لیتا تھا وہ گہرے انہماک سے اپنے پارٹ کی اداکاری کر رہی تھی اور ڈرامے اور اسی کی دیگر تفصیلات میں گہری دلچسپی لے رہی تھی۔

"پہلے تین راتوں کے سارے ٹکٹ بک چکے ہیں۔"

"گوڈنیوز۔"

"ہیری نے یہ ڈرامہ پیرس میں دیکھا تھا۔"

"کون ہیری؟"

"ہیری گراس ویٹ اور کون؟" جولی میری طرف متعجب ہوکر دیکھنے لگی یعنی میں بھی کس قدر بے وقوف ہوں جو میجر گراس ویٹ کا پہلا نام نہیں جانتا... "ہیری کہہ رہا تھا کہ اس ڈرامے میں Dormine, کا پارٹ ایک مشہور فرنچ ایکٹرس نے کیا تھا۔ نام بھی بتایا تھا اس نے مجھے اس وقت یاد نہیں رہا اور ہیری کہہ رہا تھا کہ اس فرنچ ایکٹرس نے بھی اس ڈرامے میں اس مہارت کا ثبوت نہیں دیا تھا۔ جو میری اداکاری سے نمایاں ہے۔"

"Splendid"

"کیا بات ہے؟" جولی کنول کے لہجے پر چونک پڑی۔ "تم کچھ خوش نہیں معلوم ہوتے ہو۔"

"نہیں۔ میں بالکل خوش ہوں۔ اگر میں اس وقت گاڑی نہ چلا رہا ہوتا تو تمہیں چوم لیتا۔"

خیریت گزری کہ اس بار جولی نے میرے لہجے کو طنز نہیں سمجھا یا اس کے پلے نہیں پڑا یا وہ اسے پی گئی۔ کچھ بھی ہو۔ اس نے اپنا بازو میری کہنی سے ٹکا لیا اور دوسرے بازو سے اپنے بالوں کو ٹھیک کرتی رہی۔

کرواچوتھ کے روز جولی اماں جی سے کہہ گئی تھی کہ وہ ٹھیک چھ بجے واپس گھر پہنچ جائے گی وہ ریہرسل کے لئے بھی نہ جاتی۔ مگر ڈرامے کے دن قریب آرہے تھے اور کل گرانڈ ریہرسل ہے۔ اس لئے اس کا جانا بہت ضروری ہے۔ ویسے میں نے برت رکھ لیا ہے۔

یہ جھوٹ تھا کیوں کہ جب مجھے پتہ چلا کہ اس کے لئے اس ریہرسل میں جانا بہت ضروری ہے اور دن بھر کام کرنا ہوگا تو میں نے خود اسے پیٹ بھر کر ناشتہ کر لینے کی صلاح

دی اور خود میں نے ہی اماں جی سے اس خبر کو چھپالیا اور جولی کو ناشتہ کرا کے بھیج دیا۔

شام کے چھ بجے سے اماں جی جولی کا انتظار کرنے لگیں۔ آٹھ بجے کے قریب اس کا ٹیلی فون آیا۔ کنول نے ریسیو کیا۔

"ڈارلنگ۔ میں کسی طرح نہیں آسکتی دس بجے سے پہلے۔ ریہرسل چل رہی ہے اور ہیرو میرے کام سے مطمئن نہیں ہے اور بھی کئی نقص ہیں اور کل گرانڈ ریہرسل ہے۔ اماں جی کو کسی سے بتا دو۔ میں دس بجے سے پہلے نہیں آسکتی۔ آتے ہی تمھاری پوجا کرلوں گی...... بائی..."

ٹیلی فون رکھ دیا گیا۔

کنول اماں جی کے مُنہ کی طرف دیکھنے لگا۔ اسے اماں جی کو بتلانے کی کوئی ضرورت نہیں پڑی۔ وہ اس کا چہرہ دیکھ کر ہی سمجھ گئی تھیں۔ وہ چپ چاپ مُنہ موڑ کر زنانے میں چلی گئیں۔ کنول اپنے کمرے میں بیٹھ کر اپنے ریسرچ نوٹس کا مطالعہ کرنے لگا۔ اسی میں نو بج گئے۔ دس بج گئے۔ ساڑھے دس بج گئے۔

پونے گیارہ بجے کے قریب اماں کنول کے کمرے میں آئیں۔ پیچھے پیچھے جگریا پوجا کی تھالی اٹھائے ہوئے۔ تھالی میں آٹے کا دیا۔ گھی سے بھرا ہوا۔ چندن۔ کیسر۔ چاول گلاب اور گنگا جل۔ کھوپرا۔ سیب۔ ناشپاتی اور تھوڑی سی مٹھائی۔ اماں کے ہات میں دو ڈبے تھے۔ ایک ڈبے پر لال مخمل منڈھی تھی۔ اسے کھول کر اماں جی نے مجھے بتایا...... یہ جہانگیریاں میں نے چھوٹی بہو کے لیے بنوائی تھیں۔ کرواچوتھ کے لیے۔ پھر انھوں نے دوسرا ڈبہ کھولا اور اس میں ایک بنارسی ساڑھی بلاؤز اور پیٹی کوٹ رکھا ہوا تھا۔ زیور بھی نیا تھا۔ کپڑے بھی نئے تھے۔ اماں جی اپنی بہوؤں کو کرواچوتھ کے دن سب کچھ نیا پہناتی تھیں انھیں مندر لے جاتی تھیں۔ پھر گھر آکے پتی کی آرتی اُتاری جاتی تھی اور سب کچھ چھوٹ جائے۔ لیکن کسی بیاہتا استری سے کرواچوتھ کا تیوہار نہیں چھوٹ سکتا۔ کیوں کہ کرواچوتھ پوجا کا تیوہار ہے۔ سُندر اس کے اپنے سہاگ کا پوتر تیوہار...... جولی کو یہ سب کچھ معلوم تھا۔ وہ ہر سال بڑے

چاؤ اور شوق سے یہ تیوہار منایا کرتی تھی۔ اس کا نا منانا ہی ایک بہت برا شگن ہے...

"پتی پوجا کا وقت تو گزر گیا ہے" ـــــ "مگر جس سمے بہو آئے۔ اُسے یہ کپڑا اور زیور دے دینا اور کہنا" اماں جی بولیں "کہ سونے سے پہلے بھگوان کو ساکشی کر کے پتی پوجا کر لے..... یہ نیا زیور بھی پہن لے اور یہ ساڑھی بھی......" اس وقت جگریا کی آنکھوں میں آنسو تھے۔

"میں کہہ دوں گا اماں جی..." کنول نے اپنی ماں کو اطمینان دلاتے ہوئے کہا "وہ بے چاری ریہرسل میں پھنس گئی ہوگی۔ نہیں آسکی۔ اب آتی ہی ہوگی۔ آتے ہی میں اسے کہہ دوں گا وہ تو خود اس تیوہار کو بڑے شوق سے مناتی ہے۔ یہ جہاں گیریاں سچ مچ کتنی خوبصورت ہیں وہ تو انھیں دیکھ کر ہی خوش ہو جائے گی"

مگر کنول کی بکواس کا اماں جی نے کوئی جواب نہیں دیا۔ وہ جیسے آنسو پی کر اپنے بیٹے سے اپنے دلی جذبات چھپاتے ہوئے اس کے سامنے سے مڑ گئیں۔ اور گھوم کر کمرے سے باہر چلی گئیں۔ ان کے پیچھے پیچھے جگریا بھی چلی گئی۔

کنول نے سب چیزیں اُٹھا کے سینٹر ٹیبل پر رکھ دیں۔ پھر اپنے مطالعے میں مصروف ہو گیا۔ آدھے گھنٹے کے بعد وہ اپنے بیڈ روم میں چلا گیا۔ اور کپڑے بدل کے اور بتی بجھا کے گرم گرم لحاف میں لیٹ گیا۔ جاڑوں کے دن تھے۔ اور وہ بہت تھکا ہوا تھا اسے جلد نیند آگئی۔ کوئی دو بجے کے قریب اسے اپنے قریب سرسراہٹ محسوس ہوئی۔ وہ کروٹ لئے لیٹا تھا۔ جولی کا ہات اس کے کندھے سے سرک کر اس کے سینے پر آگیا۔ دوسرا ہات اس کے بالوں کو سہلانے لگا۔

"سو گئے کیا؟"

"کیا وقت ہو گا؟"

"دو بج رہے ہیں.... واقعی بہت دیر ہو گئی ڈارلنگ، مگر کیا کرتی۔ ریہرسل کوئی

ایک بجے ختم ہوئی۔ اب جا کے کہیں بستر پر پہنچی ہوں۔ اُف کس قدر تھک گئی ہوں۔ نیند سے گری پڑ رہی ہوں۔"

کرواچوتھ کی کوئی بات نہیں کی اس نے .... شاید دھیان سے اتر گیا ہوگا۔ مگر میں بھی کیوں یاد دلاؤں۔ کنول نے سوچا۔ وہ میرے مطالعے کے کمرے سے آرہی ہے۔ بیڈ روم تک آنے کا اور کوئی راستہ بھی نہیں ہے۔ یقیناً اس نے مطالعے کے کمرے میں آ کے روشنی کی ہوگی۔ سنٹر ٹیبل پر پھیلی ہوئی ساڑھی۔ بلاؤز کو دیکھا ہوگا۔ زیور کے ڈبے کو بھی۔ ان چیزوں پر اس کی نظر ضرور پڑی ہوگی۔ اس کے بعد بھی اگر اسے کرواچوتھ کا یاد نہیں ہے تو میں کیوں یاد دلا کے اپنی ہیٹی کراؤں .... میں نہیں بتاؤں گا اسے .... کنول کو غصّہ آنے لگا۔ ...

جولی کا ہات اب اس کے بالوں سے نکل کر اس کے ماتھے کو ٹٹول رہا تھا۔ ماتھے سے کہیں اگر وہ آنکھوں پر آ گیا تو اس کی انگلیاں کنول کے آنسوؤں سے بھیگ جائیں گی۔ ہے رام۔ ایسا نہ ہو۔ ایسا نہ ہو۔ جولی کی انگلیاں میری آنکھوں پر نہ آئیں۔ ورنہ اس کی انگلیاں بھیگ جائیں گی اور اسے معلوم ہو جائے گا کہ میں رو رہا ہوں۔ رام اس کی انگلیوں کا رُخ پھیر دے .....

جولی کی انگلیاں ماتھے سے پلٹ کر اس کے کانوں کی لو پر چلی گئیں۔ وہاں سے اس کے کپکپاتے ہونٹوں پر ...." جولی آہستہ سے بولی۔ گڈ نائٹ ڈارلنگ مجھے بہت نیند آرہی ہے ...."

وہ اطمینان کا ایک لمبا سانس لے کر اپنے دونوں بازو اس کے سینے پر رکھ کر سو گئی۔ مگر کنول دیر تک جاگتا رہا۔ آہستہ سے اس نے اپنی آنکھیں خشک کیں اور پھر دیر تک جاگتا رہا۔

جولی کو یاد آیا کہ ولٹشائیر میں اس کا ایک چچا رہتا ہے۔ حالانکہ ایک بار جولی اور کنول نے

ولٹشائیر ڈاؤنز میں دو دن پکنک کے گزارے تھے۔ مگر اس بار جولی نے وہاں اپنے کسی انکل کا ذکر نہیں کیا تھا۔ اب وہ اپنے چچا سے خط و کتابت کرنے لگی پھر لندن میں اپنی دوسری سہیلیوں سے کروا چوتھ کے واقعے کے کوئی چھ ماہ بعد اس نے کنول سے کہا میں انگلینڈ جانا چاہتی ہوں۔ میرا چچا بیمار ہے۔ تم بھی چلو۔ تم بھی بہت عرصے سے انگلینڈ نہیں گئے ہو۔ کیا تمہیں لندن یاد نہیں آتا۔

"پہلے چار سال تو تمہیں بھی لندن نہیں یاد آیا تھا۔ نہ اپنا چچا نہ اپنی لندن کی کوئی سہیلی" کنول نے طنز کیا۔

"اب یاد آتا ہے۔ سب کچھ"

"کیوں؟"

"کہہ نہیں سکتی۔ لندن جانا چاہتی ہوں"

"تو جاؤ۔ میں ہوائی جہاز سے تمہاری سیٹ بک کئے دیتا ہوں"

"تم نہیں جاؤ گے"

"میں اس وقت ایک بہت اہم ریسرچ میں مصروف ہوں۔ پھر مجھے اسپتال سے اتنی جلدی چھٹی نہیں ملے گی۔ تم ہو آؤ۔ کتنے دن کے لئے جانا چاہتی ہو"

"صرف پندرہ دن کے لئے؟"

پندرہ دن گزر گئے۔ بیس دن گزر گئے۔ ایک مہینہ گزر گیا۔ دو مہینے گزر گئے۔ پھر جولی کا ایک خط آیا۔ "فوراً لندن آجاؤ۔ تم سے ضروری باتیں کرنی ہیں۔"

میں خط لے کر لندن پہنچ گیا۔ کینسنگٹن گارڈنز والے دو کمروں کے فلیٹ میں جہاں جولی رہتی تھی۔ اس فلیٹ میں جولی نے سب سے پہلے مجھے بتایا تھا کہ وہ اب واپس ہندوستان نہیں جائے گی۔ اگر میں اس سے پیار کرتا ہوں تو مجھے یہیں انگلینڈ میں اس کے ساتھ رہنا پڑے گا۔

"کیوں؟" میں نے پوچھا۔

"کیوں کہ میں ساڑھی نہیں پہن سکتی ....."

"چار برس تک تم نے ساڑھی پہنی"

"اس وقت تک میں مکمل نہ تھی۔ لنگڑی تھی۔ جونہی میرا لنگ دور ہوا، مجھے احساس ہونے لگا کہ ساڑی ایک آہستہ خرام لباس ہے۔ میری حرکت میں حائل ہوتا ہے۔ تم جانتے ہو۔ یوروپی عورتیں ہندوستانی عورتوں سے دُگنا تیز چلتی ہیں"

"چل کر کہاں جاتی ہیں۔ بچّہ تو نو مہینے میں ہی جنتی ہیں۔ آج تک کبھی نہ سُنا۔ کسی انگریز عورت نے نو مہینے کے بجائے چھٹے مہینے بچّہ جن دیا ہو"

"انگریزی لباس زیادہ آرام دہ ہے"

آخری ڈیڑھ برس میں تم انگریزی لباس میں ہی رہی تھیں۔ اماں جی کے اعتراض کے باوجود میں نے کبھی اعتراض نہیں کیا"

"مجھے جوائنٹ فیملی سسٹم پسند ہی نہیں ایک سرے سے"

"یوں نہ کہو۔ تم تو اس سسٹم میں ڈوب گئی تھیں۔ مندر بھی جاتی تھیں۔ کچن میں بھی کام کرتی تھیں۔ برت بھی رکھتی تھیں۔ پوجا بھی کرتی تھیں۔ چار سال تک تمھاری پوری زندگی ایک ہندوستانی عورت، ایک خوش مزاج ہندوستانی بہو کی طرح گزری ہر وقت اماں جی کے کولہے سے لگی رہتی تھیں تم...... پھر اچانک کیا ہو گیا؟"

"میں ٹھیک سے بتا نہیں سکتی۔ لگتا ہے جیسے کہیں پر وہ مجبوری کی زندگی تھی۔ میں لنگڑی تھی۔ مکمّل نہ تھی۔ لندن ـــــ میں ہر شخص کی نظر مجھ پر رحم اور ہمدردی سے پڑتی۔ دہلی میں نہیں۔ تمھارے گھر پر نہیں۔ تمھارے زنانے میں جیسے میں بیسویں صدی سے بہت دور تھی۔ لیکن جس دن میں مکمّل ہو گئی۔ میرے پُرانے دن پھر

سے جاگ اٹھے ۔ ایک ایک کر کے مجھے زیادہ حرکت ۔ زیادہ کام زیادہ تیزی سے اپنے پاس بلانے لگے ۔ شاید تمھارا کلچر ایک لنگڑا کلچر ہے ۔ آہستہ رو ہے ۔ بہت دھیرے سے آگے بڑھا ہے ۔ یا شاید آگے ہی نہیں بڑھتا ہے ۔ سینکڑوں بلکہ ہزاروں سال تک ایک ہی منزل پر ٹکا رہتا ہے ۔ جب تک میں لنگڑی تھی ۔ سب ٹھیک تھا ۔ میں وہاں رچ اور بس گئی تھی ۔ مجھے کچھ برا نہیں لگتا تھا ۔ مگر جب تم نے مجھے دوسرا پاؤں دیدیا تو دن بدن بے چین ہوتی گئی ۔ لندن کی تیز رفتار زندگی مجھے اپنے قریب کھینچنے لگی ۔ ذرا ایک لمحے کے لئے سوچو کنول جب میرے دونوں پیر سلامت ہیں تو میں گھنٹوں جامن کے پیڑ کے نیچے بیٹھ کر انتظار کیوں کرتی رہوں ۔ بال روم میں ڈانس کیوں نہ کروں ۔ زندگی بہت مختصر ہے اور میں بھرپور زندگی بسر کرنا چاہتی ہوں جو صرف یوروپ میں ممکن ہے ۔ ۔ ۔ ۔ "

" بھرپور زندگی ؟ ــــ میں سوچنے لگا ۔ " جولی ۔ بھرپور زندگی سے تمھارا کیا مطلب ہے ۔ کیا زیادہ چلنا ہر وقت بے چین اور مضطرب رہنا ۔ ایک بیتاب تتلی کی طرح ایک خواہش سے دوسری خواہش کے گرد طواف کرنا ۔ ۔ ۔ ۔ کیا یہی صرف بھرپور زندگی ہے ؟ شاید وہ بھی بھرپور زندگی بسر کرسکتے ہیں جو زیادہ حرکت نہیں کرتے " مجھے اپنی اماں جی یاد آنے لگیں ۔ سال میں آٹھ دس بار سے زیادہ وہ گھر سے باہر نہیں نکلتی ہوں گی ۔ ان کی ساری زندگی زنانے کے آنگن میں ہی گزر جاتی ہے ۔ انھوں نے کبھی ٹینس نہیں کھیلا ۔ گھوڑے کی سواری نہیں کی ۔ کوئی کلب جوائن نہیں کیا ۔ گاڑی وہ نہیں چلا سکتیں ۔ پرائے مردوں کے سنگ وہ نہیں ناچ سکتیں ۔ مگر کیا تم کہوگی کہ انھوں نے بھرپوری زندگی نہیں گزاری ہے ؟ وہ محبت جو گھونگھٹ کی آڑ میں ہے ۔ وہ پیار جو خدمت میں ہے ۔ وہ فلسفہ جو تلسی کے دیوی میں ہے ۔ وہ زندگی جو زیادہ سے زیادہ دوسروں کے لئے وقف ہے ۔ اس کا تم اپنے یوروپ کی زندگی سے کیسے مقابلہ کروگی ۔ دونوں الگ Categories ہیں ۔

ایک سمندر کی بے چین لہر۔ دوسری آنگن میں مہکتی پھلواری۔ ایک آگ کی طرح جلتی ہے۔ دوسری پھل کی طرح پکتی ہے۔ محبت میں ایک کے ہات گردن کی طرف بڑھتے ہیں۔ دوسرے کے پاؤں کی طرف جھکتے ہیں۔ ایک جلو میں سفر کرتی ہے۔ دوسری متوازی کیفیت میں چلتی ہے۔ میں ایک کا دوسری مقابلہ کیسے کرسکتا ہوں۔ دونوں مختلف کیفیتیں ہیں۔ مختلف درجے ہیں۔ زندگی بتانے کے دو مختلف رنگ ہیں اگر مقابلہ کرنا ہی ہے تو ساٹھ برس کی عمر میں کرو۔ ساٹھ برس کی ایک اوسط یوروپی عورت کو اماں جی کے سامنے لاؤ۔ اور پھر مقابلہ کرو۔ بھرپور زندگی کا فیصلہ وہاں پر ہوگا۔ یوروپی عورت ایک پرانی شکستہ کھوکھلا کار کی طرح دکھائی دے گی جس نے جوانی میں بہت تیز سفر کیا ہے۔ اور اب جیسے یوروپ کے بے حد مصروف زندگی کے کباڑ خانے میں ڈال گئی ہے اور اماں جی آج گھر کے آنگن کے وسط میں تلسی کے دیوی کی طرح کھڑی ہیں جس کے اردگرد آم اور جامن کے پیڑ ہیں۔ جہاں رات کی رانی کھلتی ہے۔ بہوئیں گھونگھٹ کاڑھے پاؤں چھوتی ہیں۔ دیواروں پر لوکی کی بیلیں جھولتی ہیں۔ جگریا کلے میں گلوری دبائے کھڑی ہے۔ اور اماں جی چاندی کے گلاس میں مٹھا بھر کر اور گلاس کو ذرا اونچا کر کے اور گھونگھٹ کا ذرا سا نیچا کر کے کہتی ہیں۔ "ان کو دے آؤ۔ جگریا۔" وہ آج بھی اتنی عمر گزر جانے پر اپنے خاوند کا نام نہیں لے سکتیں۔ میں کیسے ان کا مقابلہ کرسکتا ہوں اس یوروپی عورت سے جو دن میں دو سو دفعہ اپنے خاوند کو ڈارلنگ کہتی ہے۔ اور سمجھتی ایک دفعہ بھی نہیں.... مجھے نہیں معلوم کون بھرپور ہے۔ کون بھرپور نہیں ہے۔ مجھے یقین نہیں ہے کہ تم ابھی کوئی فیصلہ کرنے میں حق بجانب ہو...."

"حق بجانب ہوں کہ نہیں یہ تو میں نہیں جانتی اتنا ضرور جانتی ہوں کہ کیا سچ ہے اسے معلوم کرنے کے لئے میں ساٹھ سال تک انتظار نہیں کرسکتی۔ شاید تم بھی نہیں کرسکتے۔ میں تم سے پیار کرتی ہوں۔ پیار سے مطلب میرے اپنے ڈھب رنگ اور مزاج کا پیار ہے۔ اگر تم ضد کر کے مجھے واپس دلی لے گئے تو میں مرجھا جاؤں گی۔ ہوسکتا ہے پھر بھاگ

آؤں۔ وہاں میرا دل نہیں لگے گا۔ یہاں تمہارے بغیر خوشی نہیں ملے گی۔ سوچ لو....."

کیا سوچوں۔ جولی کو چھوڑنا بھی مشکل ہے۔ جولی سے رشتہ بھی تو عجیب سا رشتہ ہے۔ صرف خاوند بیوی ہی کا رشتہ نہیں ہے۔ کچھ ایسا لگتا ہے جیسے جولی میرے بدن کا ایک حصہ ہو۔ جولی جانتی ہے۔ اس کے بدن میں میرے بدن کی ایک پسلی شامل ہے۔ جو میں نے آپریشن کے ذریعے اسے دی ہے۔ شاید اسی طرح آدم کی پسلی سے حوا پیدا ہوئی تھی۔ میں حوا کی بیٹی کو کیسے چھوڑ سکتا تھا.....

دو تین دن سوچنے کے بعد میں نے جولی کو بتا دیا۔ کہ میں لندن میں پھر سے کام شروع کرتا ہوں۔ سینٹ جارج اسپتال میں مجھے وہی پرانی ملازمت مل گئی اور میں جولی کے ساتھ رہنے لگا۔ ہونا تو یہ چاہیے تھا کہ جولی میرے ساتھ دلی رہتی۔ مگر مجھے اُمید تھی کہ جولی کا یہ فیصلہ عارضی فیصلہ ہوگا۔ برس دو برس میں میں اسے دلی واپس چلنے کے لئے رضا مند کر لوں گا۔

مگر اس کے ارادے پورے نہیں ہوئے۔ وہ راستے جو دلی میں ایک دفعہ الگ ہوئے تھے۔ پھر ساتھ رہنے سے بھی دوبارہ مل نہ سکے۔ ہولے ہولے جولی الگ اپنے راستے پر جانے لگی۔ کنول الگ اپنے کام اور اپنی ریسرچ میں ڈوبتا گیا۔ جولی کی کیس کی کامیابی نے اس کے ذہن اور فکر کو اپنے من پسند موضوع کی طرف اور بھی راغب کر دیا تھا۔ اس کی دلچسپیاں کچھ گمبھیر اور سنجیدہ ہوتی گئیں۔ وہ جولی کے شوخ اور کھلنڈرے دوستوں کو پسند نہیں کرتا تھا اور جولی اس کے بور ڈاکٹروں اور سائنس دانوں کو۔

کبھی کبھی اپنی طبیعت پر جبر کر کے وہ جولی کے دوستوں میں چلا جاتا۔ وہ ایک خوش شکل وجیہہ، صحت مند مضبوط آدمی تھا۔ کچھ عرصہ کے لئے وہ ان سے ان ہی کے محاورے

میں گفتگو کرتا۔ شگفتہ، شوخ چنچل سطحی گفتگو۔ تیز سپورٹس کاروں۔ ہنگامی میوزک کے ریکارڈوں اور پک نک کی چھچھوری حرکتوں میں حصّہ لیتا۔ مگر بہت جلد اُکتا جاتا۔ چند منٹوں کے بعد وہ اپنے آپ کو الگ تھلگ پاتا۔ اس زندگی کی گرامر ہی الگ تھی۔

وہ اپنے ڈاکٹر دوستوں اور سائنس دانوں کے گھروں میں بھی مدعو کیا جاتا تھا۔ مگر ہمیشہ ایک فرق سا رہتا۔ ایک غیر محسوس امتیاز...جسے وہ کبھی عبور نہیں کر سکتا تھا۔ تمام محبت۔ تمام شفقت تمام دوست داری کے باوجود کبھی کسی کی کوئی خفیف سی حرکت، گفتار کا لہجہ، نگاہ کا انداز، ہنسی کا رُخ اسے بتا دیتا تھا کہ وہ ایک آؤٹ سائڈر ہے۔ وہ کبھی اندر نہ آسکے گا۔ ہر Exclusive, تہذیب کے ساتھ رہتے ہوئے یہ محسوس ہوتا ہے کہ چند گز تک تو وہ اندر آنے دیتی ہے۔ اس کے آگے جانے کی کوشش کرو تو مزاحمت کرتی ہے۔ باہر پھینک دیتی ہے۔ ہر Extrovert۔ تہذیب بظاہر Exclusive, معلوم ہوتی ہے۔ دلکش۔ فراخ دل۔ مگر اندر سے ایک مٹھی کی طرح بند...

"There is a hard core in side like earth's mantle which nothing can Pierce. May bay-nothing can—!"

تم انگلینڈ میں پچاس برس رہو گے پھر بھی اجنبی رہو گے۔ اپنی انگریز بیوی کے لئے بھی اجنبی۔ جیمس کلفٹ نے ایک طنزیہ مسکراہٹ سے اس سے کہا تھا۔ جب وہ اس سے ایک روز ملنے گیا تھا اور مشورہ لینے گیا تھا۔

"تمہاری غلطی یہی رہی۔ کیوں تم نے جولی کا لنگ ٹھیک کیا۔ تمہاری ساری کی ساری مصیبتیں اس ایک دن سے شروع ہوتی ہیں۔ اگر وہ زندگی بھر لنگڑی رہتی تو زندگی بھر ہندوستان میں رہتی۔"

"آپ کا کہنے کا مطلب ہے کہ ہندوستان میں صرف لنگڑی عورتیں رہ گئی ہیں؟" جم زور سے ہنسا۔ "مجھے تم بالکل غلط سمجھے ہو کنول۔ میں تمھیں ایک بالکل دوسری ہی بات سمجھا رہا تھا۔ جب تک وہ ادھوری تھی۔ وہ کسی اجنبی سے اجنبی دیس میں رہ سکتی تھی۔ مگر مکمل ہونے کے بعد۔"

"مائی گوائے .... کیا تم یہ نہیں جانتے کہ جونہی کوئی چیز مکمل ہوتی ہے۔ اپنی ابتدا کو لوٹتی ہے۔ یہ ایک کاسمک لا ہے۔"

"جہنم میں جائے تمھارا کاسمک لا۔" یکایک کنول کو غصہ آگیا تھا۔ اور اس نے شراب کا جام آتش دان میں کھینچ مارا تھا۔ اور جمس کلفٹ خفا ہونے کے بجائے ہنس پڑا تھا۔

اکتوبر میں اسے دسہرہ یاد آیا تھا۔ نومبر میں دیوالی۔ دسمبر میں جب لوگ کرسمس منا رہے تھے۔ وہ کناٹ پیلس میں گھوم رہا تھا۔ اس کی جیبیں چلغوزوں اور بھنے ہوئے پستوں سے بھری تھیں۔ اس کا دل چاٹ کھانے کو چاہ رہا تھا۔ لندن کی سرد، سرمئی، ملگجی شاموں میں چاٹ کھانے کو خاک جی چاہے گا۔ اس کے لئے چمکتی دھوپ کی ضرورت ہے۔ نیلے آسمان کی۔ اور شوخ رنگ ساڑھیوں کی....

پھر بھی وہ رہتا۔ شاید من مار کر رہتا۔ جیسے اب رہتا تھا۔ مگر رہتا ضرور کیوں کہ ہر رات کو جولی گھر پر آجاتی تھی۔ اپنے انداز میں اس کے لئے پرخلوص تھی۔ اپنے طریقے سے وہ اس سے محبت کرتی تھی۔ چاہتی تھی اور خیال کرتی تھی۔ نیا سال انھوں نے اکٹھے منایا تھا۔ رات بھر خوشی سے ناچتے اور پیتے رہے تھے۔ صبح کو سو گئے تھے۔ سہ پہر میں اٹھے تھے تو کنول کو اپنے بستر کے تکیے کے نیچے جولی کا خط ملا۔ "میں دو دن کے لئے ہیٹنگز جا رہی ہوں۔ ضروری کام ہے۔ تم پریشان نہ ہونا۔ آکے سب بتا دونگی۔

تمھاری جولی۔

دو دن گزر گئے ۔ پانچ دن گزر گئے ۔ جولی نہیں آئی ۔ سات جنوری کو جم نے اسے بتایا کہ اس نے جولی کو ایک رنگین پارٹی میں پیرس میں دیکھا تھا ۔ وہ یقیناً ہیٹنگز نہیں گئی تھی ۔ یا ممکن ہے ہیٹنگز سے پیرس چلی گئی ہو ۔ بہت عمدہ پارٹی تھی ۔ بے حد متمول امیرزادوں کی پارٹی تھی اور جولی ان سب میں شہزادی کی طرح سجی سنوری سب کی توجہ کا مرکز تھی ۔

جم کا استہزائیہ لہجہ ۔ اس کی نگاہ کی خفتہ حقارت، اس کی ہنسی کا انداز خون کھولا دینے کے لئے کافی تھے ۔ کنول چپ رہ گیا ۔ اس کا ردِ عمل دیکھ کر کلفٹ بھی خاموش ہو گیا ۔ مگر اس کی خاموشی کہے دیتی تھی کہ اگر وہ چاہے تو جولی کے بارے میں بہت کچھ کہہ سکتا ہے ۔

جب جم چلا گیا تو بار بار اس کے کہے ہوئے طنزیہ جملے اپنے آپ کو کنول کے دل میں دہرانے لگے ۔ "جولی ہر ماہ اپنی کار بدلتی ہے ۔ ہر دوسرے ماہ اسے پیرس کے فیشن کے مطابق ڈریس ـــــ اس تیز رفتار ہر آن بدلتی ہوئی زندگی میں صرف شوہر نہ بدلا جائے ۔ یہ تو حماقت ہوگی ... اور جولی میں ہزار عیب ہوں ۔ مگر وہ احمق نہیں ہو سکتی ۔"

کنول اتنا تگڑا اور مضبوط تھا کہ جم کے جبڑے توڑ سکتا تھا اور اسے ہمیشہ کے لئے خاموش کر سکتا تھا ۔ اس پر بھی اگر وہ خود خاموش رہ گیا تو اس لئے کہ جولی کی طویل غیر حاضری اسے خود شدید الجھنوں اور وسوسوں میں ڈال رہی تھی ۔

پھر کنول نے ایک فیصلہ کیا ۔

اور جس روز اس نے یہ فیصلہ کیا ۔ اس رات جولی واپس گھر آ گئی ۔ رات کے دس بجے فلیٹ کا دروازہ کسی نے کھٹکھٹایا ۔ پہلے گھنٹی اور پھر ایک بے حد لمبی دستک ہی سے وہ سمجھ گیا کہ جولی ہے ۔ جولی پریشان بال جھٹکاتی ہوئی ہاتھ میں ایک سوٹ کیس اٹھائے اندر داخل ہوئی اور اس کے کہنے سے پہلے ہی بول پڑی ۔ "ڈارلنگ میں

بہت تھک گئی ہوں اگر گھر میں کھانے کے لئے کچھ ہے۔ تو فوراً دے دو۔ میں کھانا کھا کے سو جاؤں گی اور صبح تمھیں بتا دوں گی۔

کنول نے اس کے لئے ایک آملیٹ بنایا۔ توس تیار کئے۔ مکھن جام، اور چائے جو کچھ ملا اس کے سامنے رکھ دیا۔ وہ ایک بھوکی بلی کی طرح کھاتی گئی۔ پھر دونوں بانہیں اس کے سینے پر رکھ کر سوگئی۔

رات کو وہ آہستہ سے اُٹھا۔ ٹارچ جلا کر اس نے جولی کا سوٹ کیس کھولا۔ ایک کونے میں اسے پیرس کے فوٹو مل گئے۔ اس خوبصورت رنگین پارٹی کے۔ جولی نشے میں، جولی دوسروں کی بانہوں میں۔ جولی چومتی ہوئی کسی دوسرے کو.... یقیناً وہ اب اپنا فیصلہ نہیں بدل سکتا۔

باقی ساری رات اس نے جولی کے بستر پر بیٹھ کر گزاری۔ یا ٹہل کر یا پی کر۔ اس نے جولی کے ساتھ اپنی بیتی ہوئی زندگی کا ہر رُخ سے ریویو کیا۔ پھر بھی وہ اپنے فیصلہ کو بدل نہیں سکا۔ وہ اپنے دائرے میں چل رہا تھا۔ مگر جولی ایک Tangent کی طرح اس کے محور سے اُکھڑ گئی تھی۔

There is a tangent in a Parobola, in a Parabola,
in a rabola, bola, bola woh bola.

سب ختم ہے
اس آخری کیل نے۔
بے درد ترکیب کو مکمل کر دیا۔
نقاب اُلٹ گیا۔
اور خدا کے زخم گن لئے گئے۔
سب واپس۔

۱۵۶

ہر طرف سنگلاخ مقبرے کا خلا جھانکتا ہے۔
بجھے ہوئے سورج میں زندگی نہیں۔
نہ رہا ایمان۔
نہ کوئی بلندی نہ پستی نہ نشان۔
اتہاس بھی ختم David Gas-Coyne

اس نے سوئی ہوئی جولی کے ماتھے پر آخری بوسہ دیا اور بے آواز قدموں سے فلیٹ کے دروازے سے باہر نکل گیا۔

ختم شد